重现的时光

刘剑波　著

中国言实出版社

图书在版编目（CIP）数据

重现的时光 / 刘剑波著 . -- 北京：中国言实出版
社，2022.12
　ISBN 978-7-5171-4376-5

　Ⅰ.①重… Ⅱ.①刘… Ⅲ.①长篇小说—中国—当代
Ⅳ.① I247.5

中国版本图书馆 CIP 数据核字（2022）第 257043 号

重现的时光

责任编辑：郭江妮
责任校对：邱　耿

出版发行：中国言实出版社
　　　　　地　　址：北京市朝阳区北苑路 180 号加利大厦 5 号楼 105 室
　　　　　邮　　编：100101
　　　　　编辑部：北京市海淀区花园路 6 号院 B 座 6 层
　　　　　邮　　编：100088
　　　　　电　　话：010-64924853（总编室）　010-64924716（发行部）
　　　　　网　　址：www.zgyscbs.cn　电子邮箱：zgyscbs@263.net

经　　销：新华书店
印　　刷：徐州绪权印刷有限公司
版　　次：2023 年 1 月第 1 版　2023 年 1 月第 1 次印刷
规　　格：710 毫米 ×1000 毫米　1/16　12.75 印张
字　　数：166 千字

定　　价：68.00 元
书　　号：ISBN 978-7-5171-4376-5

献给我的儿子远远

目 录

一

　　我紧盯着墙上的挂钟。有那么一会儿，我觉得它的钟摆停止了摆荡。是我视觉发生了错误，还是时间本身的问题？书妍在文峰大世界的钟表柜上一眼就看中了它，因为钟面上有两只小鸟，随着动荡不停的钟摆而不停地进出小屋，煞是有趣可爱。书妍说，人类每天都试图逃离时间的小屋，但却被什么羁绊住了，这是与生俱来的宿命。它被钉在墙上很多年了，犹如基督被钉在十字架上，从未离过窝儿，但它的外壳仍闪烁着釉子似的光亮，真是历久弥新啊。不过，只有我知道，它是怎样一天天衰朽的，当初，我上一次弦，它能强劲有力行走几个月，但随着时光的消逝，它的脚步变得缓慢而僵硬，上一次弦仅能勉强走上十几二十天。现在，我上一次弦，它只能走一两天了，它喘息着，趔趄着，仿佛随时会倒地而毙。刚才，就在刚才，我又给它上弦了。这是我最后一次给它上弦了，最后一次谛听它微弱的心跳。而它也是最后一次走动了，以它颤颤巍巍的脚步。在明天中午，或者晚上，至多在后天早上，就会停下来，永远停下来，那时我已经在一个陌生的地方了，可是那时我在干什么呢？是的，当你最后停下来时，我在干什么呢？

　　我紧紧盯着你。今天是 2019 年 9 月 29 日，三百年前的今天，我喜爱的歌德偕同书商夫莱瑟和他的夫人欣然动身，去往莱比锡大学求学，而我马上要去另外一个地方。去了那个地方，我就再也不能回来了。时针和分针终于重叠在了一起。时针和分钟就像一把剪刀，"咔嚓"一下剪断了羁绊，一切都已了结，从此世界归于静寂——也就在那一瞬间，报时的钟声疲惫地响起，响了九下。9点，正是李俏和我约定的时间。它的余音还未完全消失时，我的手机响了。是李俏打来的，啊，从未遇到比她更守时的人了。李俏说，车停在外面的甬道上，她问我，您准备好了吗？我无法回答。我在两个月前就开始准备了，但我一直都没准备好。去那个地方，我永远都准备不好！李俏又问我，要我过来帮您吗？我说不用了，就一个行李箱，我能对付。

昨天晚上，我把该带的东西都装进了行李箱。这只特大码的行李箱，还是庆生上大学那年我给他买的。我拖着它走出家门，来到院子里。行李箱的轮子在院子地砖上滑动发出的辘辘声咬噬着我。在我所有对过去美好的回忆里，有些动人的细节是由它构成的——庆生放假回来的那日，我会坐在寂静的院子里，期待辘辘声在院门外响起。当拖着行李箱的庆生走进院门，我会喜出望外地起身迎向他。可是，当这一幕真的上演时，我却并没有那样做。我依然一动不动地坐着，我希望庆生像小时候那样悄悄绕到我背后，用手蒙住我的双眼，怪声怪气地问我，猜猜我是谁啊？我假装说不知道。庆生说，你再猜猜啊。我一下扭过身，抱他在膝上，用胡子扎他的小脸。他一边抗拒着，一边咯咯笑起来。事实上，庆生每次放假回来，人还没进院子，兴奋的喊叫就抵达我耳畔：爸——爸——！唉，时间一往无前，裹挟一切朝前走，再不会把什么留在原地了。

一看到我出了院门，李俏就飞跑过来搀扶。我本不想让她这么做。我还没老到让人搀扶的地步。可是在那一刻我像个无助的孩子，我缴械投降，不再抵抗了——我甘愿做一个羸弱的老者，我甘愿依赖别人，我甘愿被人同情，我甘愿被人搀扶。商务车停在二十米外的甬道上。上车前我想再看一眼居住了多年的房子，我和书妍、庆生的家，但我还是克制住了，我对李俏说，走吧。车子平稳地开动了，我脑子里突然冒出一个古怪的念头：我坐上了一辆囚车，它将我带往生命的刑场。车子沿着甬道往南，开到掘中路上。掘中路是一条东西向的水泥路，它的东西两端是东环路和掘城初中。掘中路将我居住的滨东小区与农民的村落隔开了。若干年前，滨东小区是一片广袤的农田，后来被房地产开发商买下，建成掘城最早的商品房小区。当车驶上掘中路时，我还是忍不住回头，透过车窗，用眼光跟我曾经的家告别，可是我看到的却是铺天盖地的梧桐树叶。

商务车来到了东环路。我早上经常在这条路上跑步。我一直往南，大约跑一公里后右拐，到天一批发市场，然后返回。有时，我精神尚好，感觉不累，我还会越过天一批发市场西侧的如泰运河大桥，继续往西跑。它的尽头与国道223线相交，那里南去通城，北往盐城。掘城高级中学座落在如泰运河大桥与223线之间，很多年前，庆生就是在那儿读的高中。每天晚上我会去接他，我跟许多接孩子的家长麇集在学校大门外，向灯火通明的校园引颈张望。当下晚自习的铃声响起，我们看到学生的身影如蚁般涌出所有的教学楼，又向校门汇集，形成一片哄闹的海洋，而在校门外等候的家长则是另一片哄闹的海洋。当自动伸缩门像手风琴那样拉开的一瞬间，两片海洋交融在了一起。让人惊异的是，家长总能在第一时间于人潮中发现自己的孩子，而孩子也能在最初的时刻从密集的人群里辨认出自己的至亲。凭着什么？是凭着心灵感应，还是一种神秘的召唤？

每次去学校接孩子，我心头总难以抑制地翻腾着焦灼、甜蜜、隐秘的激动、难以忍受的苍凉和深深的怜悯。在我眼里，学校的大门是怪异的、可怕的，它其实是怪兽的巨口，它每天早上吞进孩子，晚上再吐出，而整整一天它都在以教育的名义撕咬和咀嚼。社会上流传一种说法：掘城高级中学素以折磨孩子著称，有"绞肉机"的"美誉"。高中三年的每一天，每个孩子都在忍受着最文明的刑罚。要是你走进高三教室，你会看到那些孩子都绝望地蛰伏在由山峦般的试卷、讲义组成的谷底深处。经常有这种情况发生：在教室上晚自修的寄宿生，会在路上遇到去教室上早自习的寄宿生。很多人说，他们从学校门前经过，能闻到从里面飘出来的奇怪的味道——那是血腥味吗？不错，这所省重点高中每年夏末秋初都会将一大批孩子送进高等名校，但是那些孩子要饱受多少摧残，才能跳入"龙门"？

现在我还记得，早上送庆生到校门口时的那种沉重和压抑感，我注视着庆生清新可爱的背影跨进大门，在布置着树篱的拐角处消失。是的，我的儿子每天早上都是清新可爱的，但是晚上他跨出学校大门时再也不是早上的那个孩子了，他变得那么陌生，虽然他的体表并没有任何变化。最明显的标志，就是他沉默了，石头般沉默。那时我就站在校门口，被人流冲撞得摇摆不定。庆生挤出人群，来到我身旁。他神情黯淡，露出一丝与他年龄极不相称的苦笑，他叫了我一声"爸爸"。他声音低沉，有着沧桑之感。我伸手去挽他，可是他作了闪避，与我擦身而过，朝停放的踏板车走去。我跟在他身后，手足无措，局促不安，不知道怎样安慰他。在回家的路上，我不断对他说，我做了你最喜欢吃的，我特别强调"到家就吃"。我用美味佳肴安慰他，试图把他从泥坑中拉上来——他已经在里面受难了整整一天。

掘城高级中学离如泰运河大桥至少有两公里，我孱弱的体力不足以支撑我跑到那儿。但有一次我挣扎着跑到了那儿，可是没等到走近，我就折身返回了——它对我来说就是一个恐怖的梦魇，我无法接近它。回家途中，我像被耗尽了的空皮囊，一路滚来滚去。我知道，我再也不会去那所学校了。

天一批发市场对面有个豁口，像是马路牙子被砍了一刀。商务车穿过豁口往南。这是一条很窄的水泥路，它一半傍水，一半挨着民居。就在我担心怎么会车时，目的地到了。一幢五层的赭黄色建筑耸立在我面前。车直接驶进了大院，一直到门厅前的台阶才停下。

李俏说，费老，我扶您下车。她的声音恬静温雅。我觉得，接引你到这里来，必得有这样姣好温柔的女子才安妥。让我一个人在车里坐会儿好吗？我对她说。那好吧，我先把您的行李拿进去。她一闪身就跳下了车。她穿着大红长裙，喜气而热烈。也许她是特地穿这样的裙子接我。她双脚着地的瞬间，裙子蓬勃张开，像一朵硕大的花卉。司机也下了车，他颀长魁梧的身躯多像庆生啊。

要是书妍还在，我就不用到这儿来了。即使非来不可，我们也会一起来，相互搀扶着走完最后的一段路。很多年前，我曾和书妍讨论过我们的末日。我们都认为，只有两个人一起辞世，才不会给对方留下伤痛，这是显而易见的。我说，到时我们一起跳楼吧，从掘城最高的建筑跳下去，坠落到坚硬的地面之前，我们会像鸟儿一样飞翔——尽管只是一瞬——最后展示一下人类的轻盈，谁说一个人到了最后，只能以沉重的身姿匍匐在地上？书妍说，从那么高的地方摔下去，会面目全非的，这多吓人啊。她认为最好还是一起服安眠药，以睡眠的方式安详地离去。这种方式可以保持人的最后尊严。我对书妍说，好吧，就依你。我们还煞有介事地拉了勾。但书妍最后还是违背了自己的诺言，以消隐的方式先我而去，留下我饱尝了无尽的哀痛。

书妍，我把他们支走，就是想单独跟你说几句话。从今天开始，我就要在这儿度过余生了，你放心，我会在这儿照顾好自己的。要是你想我了，可以托梦给我，这样我也不会孤单了。透过车窗，我看到李俏倚在大厅的玻璃门上，她苗条的身体与玻璃门形成一个美妙的孤度。她不时朝我这儿张望，显然她在催我。我知道，当她无法再等下去时，她就会跑过来把车门拉开，上车搀我下去。紧接着，大厅的玻璃门就会徐徐张开，将我吞噬进去。我们这一生虽然要进出很多门，但最后的那扇门打开后将永远对你闭合。

二

乘坐东航从多伦多飞往上海浦东机场漫长的 12 个小时里，我一直焦灼不安。有时候，千斤难买的珍贵时间简直是一种灾难。"令尊病危，速回"，这是李俏几天前发给我的微信，电报般的简洁。由于时差的关系，我跟她聊天的方式只能是互留语音。早晨醒来打开手机，李俏的留言会一串串跳出来，那些红色小点犹如锦鲤，从大洋彼岸游了过来。李俏给我留言的内容都是爸爸的饮食起居情况。我喜欢听李俏的语音，固然是因为爸爸的近况让我牵肠挂肚，还因为她所说的掘城方言令我亲切——乡音是对海外游子最好的抚慰

"令尊病危，速回"，我猜不透李俏为何如此惜字如金。"病危"，这是一个多么令人揪心的词啊，它犹如一枚从黑暗中向你飞来的箭簇，发出摩擦空气产生的嗖嗖声，可是它并不一下击中你，而是以飞行的姿态，一直定格在离你几步外的地方。我从未想到爸爸会"病危"，它在我生命的词典里从未出现过。爸爸谈不上有多健康，比如他有"三高"，曾轻微地中风过，失忆过，总之，老年人常见的毛病他基本上都有——它们就像沟壑，层层围绕着他，可是要跨过多少沟壑，才会来到"病危"这个绝崖啊。我猜不透到底是怎样的"病"使爸爸"危"。我时不时就把目光钉在前面椅背上屏幕里的 3D 飞行图上。我们乘坐的航班已经飞临到太平洋上空。可是它飞得太慢了，像蚂蚁爬行那样，一点一点挪动。我不停地用手指头触摸它。我多想将它一下拽过太平洋啊。

我是在爸爸 50 岁那年到加拿大来读书的。那年我 25 岁，如今

爸爸 65 岁，我也 35 岁了。65 岁的爸爸苍老得像 85 岁。我一直想问爸爸，你怎么变得这么老？是一下子老的，一天之内，还是一点一点变老的？在长达 10 年的时间里，我仅仅回家了两次，相当于五年一次。我为什么不更多回家看望爸爸，尤其在交通如此便捷的时代？你总是借口很忙，工作压力大，可是，不管你承不承认，你其实在内心已经把爸爸删除了——你的内存满得存不下东西了，你只能删除爸爸。而现在他"病危"了，你才手忙脚乱地重新添加他。后悔和自责是另一个太平洋，它比此刻我们正飞越的太平洋更加浩瀚和汹涌。它彻底淹没了我。我的所有挣扎都是徒劳的。

米琪第一次坐飞机，他对一切充满了好奇，不停地问这问那，但他问得最多的是：When can I get home（什么时候才能到家）？When can I see grandpa（什么时候才能见到爷爷）？让我欣慰的是，他虽然从未见过地球那头的爷爷，但他跟爷爷却有一种天然的亲情，仿佛有根神秘的纽带，把他和爷爷联结到了一起。米琪有时会很安静地坐在他紧挨舷窗的座位上，注目近在咫尺、仿佛触手可及的蓝天白云，嘴里咕哝着，How good to be an angel（做个天使多好啊）！我爱米琪，也爱劳莲，他俩是上帝馈赠给我的天使。

我对坐在我身旁的劳莲说，I am afraid（我害怕）。是的，我害怕。我害怕赶不上见爸爸最后一面了。虽然以最快的速度订机票，办签证，但还是拖延了几日。病危中的爸爸能捱过这几天吗？要是我见不到爸爸最后一面，那么，我将会跌入万劫不复的遗憾深渊，永无生还之日。劳莲安慰我，让我不要害怕，说爸爸会好好的，他正望眼欲穿地等着我们回去呢。劳莲使用的是汉语，她知道这样的话只能用汉语说。

也许劳莲是对的，爸爸已经挺过来了，柳暗花明，一切都在向好，我的担心纯属杞人忧天。我跟劳莲商议好了，这次回来我们要多住些日子，好好陪陪爸爸。我们打算把爸爸从养老院接回家（我知道爸爸并没有把房子卖掉），一家人朝夕相伴。早上，我和劳莲去菜市场买菜，再捎回爸爸爱吃的虾籽烧饼。我曾绘声绘色地向劳莲介绍过掘城的这道传统小吃——它的酥脆可口，它的醇香松软，嚼劲十足，比披萨好吃多了。劳莲早已垂涎欲滴，心向往之。为此，她学会了说"虾籽烧饼"这个汉语词汇，她经常问我，什么时候我们回掘城吃虾籽烧饼啊。现在她很快就能吃上渴慕已久的虾籽烧饼了。还有，劳莲一直想让我教她烧中国菜，现在这个机会也降临了。

下午，我们就陪爸爸在掘城的大街小巷信步漫游。劳莲的脚步是用来了解掘城的，爸爸的脚步是用来回溯往昔的，我的脚步则介于两者之间。不知从什么时候开始，回忆成了爸爸的生命呼吸道，仿佛只有依赖回忆，他才能生存。午后的掘城充斥着喧嚣聒噪的市声，但是爸爸能分辨出他行走在青石板上的足音。它是空洞的，又是坚韧的，仿佛是时间深处的回声，散发着既辛酸又甜蜜的气息。爸爸那么迷恋它，以至于他丢下我们踽踽独行。他越走越快，好像被一只看不见的手拽着走，最后消失在了街道拐角处，我们再也找不到他了——这仿佛是个梦境，而我在回来之前，就做过这样的梦。

那么，晚上我们会干吗呢？我想，我们会和爸爸围坐在客厅里看电视。不过，我们很少把目光投向荧屏，仅仅是把电视作为背景音乐。我们拉家常，漫无边际地聊天——米琪会埋首于 ipad，玩游戏——其实，说什么并不重要，重要的是全家人在一起，相互陪伴。这是其乐融融的一刻，也是所有老人梦寐以求的一刻。爸爸很少开口，只是一个劲儿微笑着听我们说，脸上流露出满足和享受的表情。爸爸有时会说，聊聊加拿大的日常生活吧。关于加拿大的日常生活，我早已在微信里告诉了他。其实，加拿大的日常生活跟中国的没有什么本质的区别。尽管如此，爸爸还是百听不厌，尤其是对我与劳莲怎么相识，如何在教堂举行婚礼最感兴趣。爸爸听我讲述我在他乡异国的庸常生活时，脸上会掠过一丝哀伤。我知道，他想妈妈了。

要是妈妈在，那该多好啊。听着听着，爸爸就倚在沙发上睡着了。在家人的拱卫下永远睡去，这也是所有老人梦寐以求的一刻。

终于熬过了难捱的 12 小时。飞机于北京时间 20 点 18 分在浦东机场降落。我欣喜地对劳莲说，到家了。我又对米琪说，到家了。我们推着行李车往外走时，米琪撒娇地说，我也要坐到行李车上。于是我就把他抱到了行李车上。我在出口处看到一块书写着"庆生先生"的牌子，举牌的是一个面目清纯姣好的女孩。我跑过去问，你是李俏吧？女孩莞尔一笑，把手伸给我。我向她介始了劳莲和米琪。米琪很有礼貌地叫了声"Aunt"。李俏蹲下身来，用娴熟的英语对米琪说，You shoud call me sister（你应该叫我姐姐）。后来我知道，李俏是英语八级。

李俏专程来接我们，让我很感激。我说我何德何能让您不辞劳苦来接我们？李俏只是淡淡一笑，说，客气了。在去停车场的途中，米琪问李俏，Why doesn't grandpa come here（爷爷怎么没来）？李俏摩挲了一下米琪的脑袋。我责怪米琪，Don't bother sister（别烦姐姐了）。米琪不高兴了，撇起了小嘴。劳莲赶紧哄他，宝贝，爷爷年纪大了，来不了，不过你很快就会见到爷爷的。上车后，米琪非要跟李俏坐在一起不可。小家伙还是惦念着爷爷，问李俏，Can I see grandpa soon（我很快就能见到爷爷了吗）？李俏轻轻拍打着米琪，在商务车的颠簸中，米琪趴在李俏膝上睡着了。李俏脱下外套盖在米琪身上。这一幕感动了劳莲，她用汉语连声说，谢谢您！李俏也用汉语说，别客气，没关系。

我其实早就在微信里认识李俏了，是爸爸把她的微信名片推荐给我的。通过聊天，她给我留下这样的印象：热情，爽朗，活泼，还有点顽皮。叫眼前的李俏却神态庄重，不苟言笑，一副心事重重的样子。我问她，我爸爸还好吧？她紧蹙眉头，说不太好。然后就不再说话了。我也沉默了，只是希望尽快赶到爸爸身边。劳莲依在我肩头昏昏欲睡。我一点困意都没有，也不觉得疲倦。商务车在高速上行驶得很快，随着掘城越来越近，我的心被一只无形的手揪紧了。

两小时后，商务车驶出高速，开上了通往掘城的公路。我轻声对劳莲说，掘城到了。劳莲一激灵，连忙趴在车窗往外看。这个时候，马路上的车辆和行人已经稀少，一幅巨大的广告牌耸立在路边，是姚明为中国人寿做的广告。劳莲不久前去美国看到过姚明打球，所以她很亲切地叫了声"姚明"。虽然商务车一掠而过，但那句著名的广告语还是印在她脑子里了，她轻声念出来，有你在身边，我很安心。

劳莲一直趴在车窗向外看，她感叹地说，中国的马路真宽啊！这么晚了，还有手扶拖拉机在辅路上轰隆轰隆行驶。劳莲问我，那是什么车？我告诉她，是手扶拖拉机。劳莲又问，它不是有机器吗，为什么要用手扶呢？我知道，劳莲在加拿大见到的都是那种农场的大型拖拉机。我正考虑怎么回答，忽然看到前面的十字路口兀立着一块指示牌，写着"滨东养老院"，根据箭头所示，商务车应该左拐，可是它却往右拐了。我问李俏，为什么不直接去养老院？李俏说，先送你们去酒店安顿下来。我说，不，我要先见爸爸。

李俏说，还是先安顿下来。语气里充满了恳求。我还是坚持先去养老院。我说，我们千山万水回来，就是为了见病危中的爸爸。爸爸也在等着我们。商务车不仅没有停下来的意思，而且还在加速。我有点恼怒了。劳莲抓住我手，轻声说，Dear, don't worry, we will see dad（亲爱的，别着急，我们会见到爸爸的）。到底怎么回事？我问李俏。她看着车窗外的行道树，说到了酒店我再跟您说。一种不祥的预感笼罩了我，我又看到那枚黑暗中向我射来的箭镞，它不击穿我，而是在离我三寸远的地方定格了。爸爸是不是走了？这话就在嘴边，可我还是使劲咽了回去。

李俏给我们订了一个大套间。我去前台办入住手续，劳莲和米琪坐在大厅的沙发上等我，李俏在一旁陪着。办完手续，我们拖着行李箱乘电梯上楼。房间阔气，装修豪华，快赶上总统套房了。劳莲惊叹道，How can there be such a good room in Juecheng（掘城怎么会有这么好的房间）！我对李俏说，请现在带我们去养老院，如果不麻烦的话。李俏直直地看着我，纯净的眼眸里布满了阴翳，庆生先生，您爸已经不在了，请原谅我一开始没把真相告诉你。

那枚定格的箭镞呼地射中了我，我弯下腰去。我其实已经猜到了，可还是无法接受现实。劳莲抱住我。但她没抱住，我一下摔在地毯上。米琪扑过来，想把我拉起来，可他怎么拉得动，于是他哭了起来，What's wrong with you（爸爸你怎么了）？我紧紧抱住他，我对他说，You will never see grandpa again. You will never have grandpa again（你再也见不到爷爷了。你再也没有爷爷了）。钻心的疼痛过后是麻木，我就像被注射了麻醉剂，毫无知觉。迷蒙中，我只听到李俏说，你们早点休息，我明天上午过来。劳莲拥抱了她，Thank you for pick us up, thank you for staying with us（谢谢你接我们，谢谢你陪伴我们）。我看着李俏朝门口走去，她出房间门时，转过身来，看了我一眼。我知道她的意思。我对劳莲说，我出去一下。

我们在车里坐了会儿。李俏缓缓而道，是一个起早晨练的老人最先发现你爸的，你爸躺在楼后的墙根下，从那儿往上看，能看到你爸房间的后窗台。你爸除了头部有血迹外，整个人都很干净。我们马上报了警，跟警察一起来的，还有个法医。那法医说，从5楼坠落而无一点破相，简直是奇迹。警察对现场作了详细的勘查，排除了他杀的可能。

不是他杀，那就是自杀了，可是爸爸为什么要自杀呢？爸爸有什么理由要自杀呢？李俏说，事情发生得太突然了，事先一点征兆都没有。我说，我爸这个人内向，不大合群。李俏赞同我的说法，你爸性格孤僻，平时不跟人接触，老是一个人关在房间里。

三

我下车后抬头看了看天，阳光刺得我头晕目眩。我闭上眼，再睁开时，觉得天一下暗了。李俏飞快跑过来搀扶我。我靠在她身上，一点点朝前挪动着步子。我希望走慢点。我希望慢一点走进我将要进入的那个"门"。它一旦把我吞噬进去，我就再也无法出来了。李俏身上有股水果的清香味，这是年轻的气息。年轻能拥有世界上最美好的事物，包括最美好的味道。

玻璃门的感应性太强了，我们刚踏上台阶，它就呼地一下自动拉开了。进门前，我身不由己回望了一下。我就像一个即将被囚禁的犯人，向我的来路告别。那一刻我是多么渴望再回到我以前的日常生活中去啊。大厅很大，中间摆着几排不锈钢长椅。它其实就是候诊室，右侧是挂号和缴费处，左侧是药房。医养结合是这家养老院的亮点，也是我选择它的理由。

我对李俏说，我走不动了，我要歇会儿。我在长椅上坐了很久。我其实是在做着最后的抵抗——虽然无奈地跨进了"门"，但我还要尽可能延长进入"房间"（囚牢）的时间。在长椅上坐着时，我恍惚觉得我是坐在候车室里，正在等待一列从远方开来的火车。

李俏很忙，但她还是陪着我。她的气质很像书妍，一想到在今后的日子里有她的陪伴，我就有种妥贴的感觉，可是，一想到她将会目睹我的肉身日渐朽坏，目睹我不可避免的死亡，我就感到深深的不安。费老，我已经让人把您的行李送到您房间了，现在我带您去房间，还是带您四处参观一下，熟悉熟悉新家？李俏这样问我。

我说，能不能不叫我费老，就叫我费爷爷？李俏调皮地笑了，接着她欢快地叫了我一声"费爷爷"。

她搀扶我走向电梯口，我的房间在5楼。在我们走近之前，电梯门一下开了，一辆轮椅被推了出来，上面坐着一个戴黑帽、满脸皱褶、了无生气的老人，裹在一件肥大的灰衣里，看不出性别。轮椅上的老人看了我一眼，嘴里在咕哝着什么。我猜想，他在说，又来了一个。

电梯轿厢呈狭长形，我从未见过如此形状的轿厢。不知为什么，它让我想起了——棺材。我听到内心有个隐秘的声音说，你进了棺材。电梯冉冉上升，那个隐秘的声音又说，你正去往天堂。我这一生无数次乘过电梯，可是怎么从来没有产生过"去天堂"的想法呢？

李俏领着我来到5楼。刚从电梯出来，突然听到有人叫我名字。声音是从对面的房间发出来的，沙哑而尖锐。奇怪，这儿怎么会有人认识我呢？我朝那房间张望。李俏说，是朱老在叫我。朱老？哪个朱老？李俏说，教育局的。我走进去，坐在床沿的瘦瘠老头想站起来，但站了几次都没成功，便恶声恶气骂护工，你没长眼啊，还不扶我起来！我赶紧跑过去。老头一把抓住我手。老头的手瘦骨嶙峋，却坚硬如钳。

你不认识我了？老头诧异地问。我细细打量了老头一番，摇了摇头。老头像泄了气的皮球，我变化就那么大吗？你怎么就认不得我了呢？你应该认得我的呀。老头的声音很耳熟，我又打量起他来。老头布满老人斑的苍老面庞松驰得可怕，像是一块松松垮垮的布，挂在面颊骨上，随时都会滑落。他的烧饼似的面部轮廓，让我一下想起来了——是教育局财会股的朱股长！我惊愕不已，无论如何也不能把那个肥头大耳、红光满面、骄横跋扈的朱股长与眼前这个几乎被风干成木乃伊的老头划上等号。我有30年没见到他了，难道30

年的时光就能把孔武强壮的人摧残成这个样子吗？

很多年前，我从农村中学调到教育局。报到的那天，我听到有人在走廊里大声训斥谁，那种威严霸道的气势让人有不寒而栗之感。我以为是教育局长，但有人告诉我，是财会股的朱股长。后来听说，朱股长不仅手握局里的财政大权，而且还管着住房一类的大事。

我跟他的初次相遇，是在厕所里。我以谄媚的语气叫了声"朱股长"。朱股长对我倒还客气，递了根软中华给我。后来我发现，局里除了局长正常抽软中华外，就是朱股长了。那时我初来乍到，无处落脚，只得蜷身于教育工场的一间低矮潮湿的平房。平时我在机关食堂用膳，但周末书妍过来，就得用煤球炉做饭烧菜。我们被煤烟呛得不行，而且屋子里煤灰飞扬，着实不方便。我寻得一间工棚作厨房，搬来两张废弃的学桌，一张作餐桌，一张摆锅碗瓢盆。又找来几张凳椅，作吃饭用。以前，我就怕过周末，因为一到周末，书妍就要过来。书妍一过来就要烧饭，屋子里会被弄得乌烟瘴气。有了这个简陋的厨房后，我就盼着过周末了。书妍善烹饪，尤会包饺子。我们坐在满是木屑味的工棚里，围着满桌美味珍馐喝点小酒，偷得浮生半日闲。

一日，我在机关走廊迎面碰到朱股长，我还没来得及叫他，此公便脸不是脸鼻子不是鼻子地训斥了我一通，并且勒令我即刻搬出工棚。事后反省，我确有过错。我的过错在于未事先征得朱股长同意，典型的目中无人。办公室同事建议我登门向朱股长请罪，这样也许能留住工棚。

区区一间遍布灰尘的工棚，在别人眼里是敝履，对我却至关重要。我去百货公司花一个月工资买了台樱花牌热水器——彼时热水器还是个稀罕物——去往朱股长居住的碧霞小区。碧霞小区被称为别墅小区，各式高贵宅院，让人望而生畏。几经打听，我摸到朱股长家门前。在夕阳余晖映照下，两扇紧闭的朱漆大门金碧辉煌。森然的院墙内，一座咖啡色的欧式洋楼拔地而起，散发异国情调。我倒吸了一口冷气，内心排山倒海。

我无法去按大门一侧的门铃，一是，我几乎没有按门铃的力气了，我所有的力气都在气势磅礴的欧式楼房前流失殆尽。二是，门铃在我看来不仅仅是门铃，它还是我的屈辱，让我下不了手。我抱着热水器，傻子似的站在大门前。那天恰是周日，我听到院内传出觥筹交错之声，伴之哗声笑语。那一刻我自惭形秽，无地自容。朱股长跟我是同龄人，可是人家早就住上了华丽屋宇，生活优渥，仕途通达，春风得意，而你却为了一间破工棚，在干着蝇营狗苟的勾当。我恨不得扇自己一巴掌。

我没把热水器送给朱股长。书妍说，退了吧。我说，干嘛要退呢，我们自己不能用吗？书妍说，我们用太奢侈了。我说，为什么别人能奢侈，我们就不能奢侈呢？我请工匠在我简陋住处墙角做了个淋浴房，装上那台热水器。书妍欣喜地说，以后再不用到老浴室去洗澡了。老浴室在黄海路上，是掘城唯一的公共浴室。书妍说，老浴室没有大浴池，只有淋浴，几个花洒，所以要排很长的队。而且，有些女人总喜欢把男孩子带去一起洗。那些男孩虽还小，但却也不错眼的盯着淋浴女人的裸体看。

我们失去了做饭的工棚，却可以在家里洗澡了，爱怎么洗就怎么洗，爱洗多久就洗多久，这叫"失之东隅，收之桑榆"。后来我调离了教育局，从此再没见到朱股长。随着时间的流逝，此人逐渐从我记忆里移除出去，我有种与他天各一方，此生再也不会相遇的感觉。但偶尔的，我的脑海里还会蓦地跳出他鼻子不是鼻子脸不是脸像斥骂孙子那样斥骂我的场景，我遂庆幸远离了此人。

现在，当我与朱股长在养老院重逢时，我是多么惊异于造物弄人啊。我之前认为的与他天各一方，完全是一厢情愿，是一种荒唐的错觉。我们一生中，一旦与某人或某物交集，就是一种结缘。随着时间的消逝，你会以为他（它）从你的生命链里脱落了，可实际上，他（它）从来没有离开过你，他（它）就躲在你身后，你总会在某个特定的时间和空间邂逅他（它）。由此我想到了书妍：看上去，她在我面前消失了，消失得无影无踪，但我相信，她须臾没有离开过我。她就躲在我身后，我之所以到现在没看到她，是因为特定的时间和空间尚未来临——这想法有力地安慰了我。

真的，我认不出朱股长了，打死我也不相信眼前这个萎缩瘦小、弱不禁风的老头就是当年那个叱咤风云、营养过剩的大块头。我认不出他，还有一个原因：当年他在我面前是何等的耀武扬威，飞扬跋扈，咄咄逼人。而现在看到我却是低声下气得近乎卑躬屈膝，这是多大的反差啊。有一点让我颇感欣慰，时隔这么多年，朱股长仍能一眼认出我来，这说明我的外形没有太大变化。

你怎么来了？他问我。我说，殊途同归嘛，养老院就是我们的归宿啊。我们以前的那些同事，都会陆续到来的。我这么一说，让朱股长宽慰了不少。他扳着指头说，郭局长来不了了，他5年前就走了。康局长、陆局长、教育股的吴股长、人事股的余股长都走了。你还记得后勤主任吴大麻子吗？多好的身体啊，天天跑步打乒乓球，还没到70就走了。我说，你怎么没有把别墅带来啊？他没听清，啥？你说啥？我道，没什么。

朱股长身上有股难闻的老人味。老人味是怎么形成的？我以前查过资料，大概有两个原因，一是老人的皮肤新陈代谢比较缓慢，于是沉积了大量死皮，而死皮本身就有股臭味。二是由于消化系统退化或病化营养转化不完全造成的。我身上当然也有老人味，但我平时独处时从未感觉到。只有我与另一个老人待在一起，才会意识到我身上也有这种羞耻的气味。

朱股长伤感地说，单位的人都不来看我，人情比纸还薄啊。现在好了，你来了，我有人做伴了，不孤单了。我说，这儿有这么多老人，你怎么还孤单啊。他道，我跟他们尿不到一个壶里，说不到一起去。你就不同了，我们同过事，又都是教育行业里的人，可以一起回忆回忆往事，毕竟，共同拥有的岁月是无法改变的。

可能是职业习惯，护工盯着朱股长的裤裆，不时提醒，朱老，该小便了。朱股长狠狠瞪了护工一眼，要小便我还不懂，要你罗嗦？床上有包点心，朱股长命护工拿给我吃。我再三婉谢。说话间，有股尿骚味直冲过来。我瞄了一眼朱股长的裤裆，那儿湿了一大片。朱股长缄默无言，让护工扶去屋内卫生间小便。

我能看到卫生间里的情形。朱股长的两条腿颤抖得不行，衰弱得无法站着小便，只好坐在马桶上。坐了好一会，还是没有尿出来。我没料到护工竟噘起嘴唇，"嘘嘘"地吹起了口哨。我知道，护工是在模仿小便声，意欲将朱股长的小便引出来。这一幕勾起了我遥远的回忆：庆生幼时常尿床，临睡前我把着他的两条小腿，蹲在便盆前逼他小便，避免他夜间尿床。但庆生又哭又闹，不肯就范。后来我灵机一动，无师自通地吹起了口哨，此前我从未吹过口哨，但我一出口却吹得像模像样，那"嘘嘘"声跟小便声几可乱真。在我臂弯里又哭又闹的小庆生顷刻安静下来，乖乖地小便了。这方法屡试不爽，而我的口哨声也吹得炉火纯青了。

虽然护工不停地吹口哨，朱股长的裆间却毫无动静。原因当然是护工的口哨吹得支离破碎，像一地碎玻璃，根本起不到引导作用。我走过去，替代护工。虽说这么多年过去了，我的口哨技艺却一点都未生疏，还是那么圆润悦耳。刚吹了两声，马桶里就传出哗哗之声，朱股上脸上现出畅快淋漓的表情，大声惊呼，我尿出来了，我尿出来了！可以想象一下，先前，他裤裆湿了一大片，已经尿了不少，现在又尿出这么多，他瘦小干瘪的身躯里竟蕴藏着如此多的尿，真有点让人不可思议了。朱股长尿完后竟说，老费啊，我以后小便全靠你了，要是尿不出，只好麻烦你来吹口哨了，你的口哨太灵了。

我模棱两可地笑了笑。

跟朱股长告别时，他紧抓着我的手不放，老费啊，你要天天来看我啊，我老婆去年走了，我的子女很少来看我，只能指望你了，你答应我天天来看我吗？我太寂寞了。我说，我们就在一个楼层上，来看你很方便的。

出了朱股长的房间，李俏告诉我，朱老已经是肝癌晚期。

四

　　因为心境和时差的原因，我和劳莲几乎一夜未眠，我们只是相拥着，默默无语。米琪毕竟是孩子，睡到上午李俏过来时还未醒。劳莲只好把他叫起来。米琪没有像在家里时那样，早上一起床就跑过来亲亲我，让我用胡子扎他，他好哈哈大笑。他只是叫了我一声"Dad"。他变得沉默寡言，脸上表情深沉，仿佛一夜间长成了大人。李俏陪我们到餐厅用了早餐，然后坐上昨天的那辆商务车，驶离了酒店。米琪不再跟李俏坐在一起了，而是挤到我和劳莲的座上。劳莲坐在我和米琪中间，分别握着米琪和我的手。现在，她充当了坚实的舰船，而我和米琪成了两只脆弱的舢板。

　　商务车在掘城的街道上行驶，劳莲和米琪盯着窗外，欣赏异国他乡的街景。许久没回来了，掘城的变化一定很大吧，可是我却闭上眼，不想看窗外的任何东西。我脑袋里有一万只蜜蜂在嗡嗡，我快被那种喧嚣的声音杀死了。我用指头不停地叩击着太阳穴，好像要把那些该死的蜜蜂赶出来。

　　李俏接听了几个电话，她压低声音跟对方说话。后来我听她轻轻告诉我们，到了。我睁开眼睛。车子停在一家寿衣店门前。这里是寿衣一条街，街的两侧排列着一长溜寿衣店，门口堆着的大大小小的花圈，在风中瑟瑟抖索，进进出出的顾客宛若在花丛中穿行。李俏领我们进了一家最大的寿衣店。劳莲闹了个大笑话——她被花花绿绿的寿衣迷住了，竟然认为这是中国的传统服饰，而那种给死者戴的寿帽，她以为是中国古代皇帝戴的冕旒。我以前教她成语

"冠冕堂皇"时，讲过这个。她让店员拿了一件印着牡丹图案的花寿衣，又让店员拿了一顶寿帽，然后迫不及待地将寿帽戴在头上，又套上花寿衣。店员惊得说不出话来。

李俏替她脱下寿衣，摘下帽子，用英语说，这都是死者穿的。劳莲很困惑，说这衣服挺好看的，为什么大活人不能穿呢？看来，劳莲虽然一直在学汉语，但对中国博大精深的传统文化并不了解。米琪则迷上了那些纸人纸马，他抚摸着一匹纸马的脖子，问我，Dad, are these toys（爸爸，这是玩具吗）？我告诉他不是玩具。我觉得触摸这些东西会带来晦气，所以我不让他碰。米琪不以为然，而且还想买一只纸马带回去。我反复向他解释这是死者在阴间用的，活人是不能玩的，尤其是孩子。米琪是个听话的孩子，踌躇了一番后，就打消了买纸马的念头。考虑到爸爸生前不喜欢西装革履，我挑选了家居的日常衣物及袜子鞋帽。劳莲买了一束很大的白玫瑰。我很感激她。

我们又上车赶路。一旦安静下来，那些蜜蜂又钻进我脑袋，我头痛欲裂，用手敲击太阳穴。没多久，我听到李俏说，到了。我睁开眼，一下看到高耸入云的大烟囱，正朝着天际吐出淡淡的白烟。那是30年前的烟。我情不自禁用汉语说了这样一句。以劳莲的汉语水平，她是完全能听懂的，所以她探究地看着我。我很想告诉她，30年前，我和爸爸一起来送乡下的一个亲戚火化。那时不叫殡仪馆，而是叫火葬场。"火葬场"三个大字就用黑漆刷在大烟囱上。它可能是世上最大的字，隔着几里路就能看到。我们坐在手扶拖拉机两侧——除了我和爸爸，还有伯伯和几个堂兄——亲戚的遗体被我们围在中间。在去火葬场的途中，我强迫自己不去看死者，可是有种神奇的力量将我的视线往死者身上拉。死者虽然全身上下用白被单裹着，但我依然能从尸体轮廓上分辩出哪是头哪是脚，哪是胳膊和腿。说实话，我并不感到害怕。我恍惚觉得这只是一场旅行而已。

到了火葬场，我没料到广场上竟然停着那么多送尸体火化的手扶拖拉机，而那些尸体都一律用白被单裹着。因为要排队等候，那些用白被单裹着的尸体都没有从手扶拖拉机上搬下来，看上去白花花一片。直到这时，我也没觉着害怕，因为是白天，还因为爸爸在我身边。我们都下了拖拉机，只留死者在上面。堂兄去排队，其他人无事可做，蹲着吸烟。

我注意到爸爸一直昂首看冒着淡淡白烟的大烟囱，于是我也抬起头来看。我问爸爸，烟囱咋这么大啊？爸爸说，因为焚尸炉多，所以烟囱要造得大。我又问，烟囱咋这么高啊？爸爸说，因为焚烧尸体产生的气体有毒，所以要造得高。爸爸又说，我以后也会来这里的，这座又高又大的烟囱会冒出焚烧爸爸的烟。对爸爸的这个说法，我无论如何不能接受，我几乎是哭着说，不，不，不……。爸爸笑了一下，爸爸说，干嘛不？以后你也会来这里，这座烟囱也会冒出焚烧你的烟，当然，这是很多年很多年以后的事了。

021

爸爸的这话让我恐惧不已。我听到爸爸又说，这世上所有的人最后都会被送到火葬场火化，所有的人被焚烧的烟都会被烟囱送到天上去。

从大烟囱冒出的淡淡白烟让我明白了时间是飘动的，一刻不停。时间会让人死亡，然后人会被焚烧，再变成时间（白烟），生生不息，永无止境。

与30年前不同的是，此刻广场上停满了各种各样的灵车，不会再有裹着白被单的尸体闯入我眼帘。我们随着李俏在灵车的罅隙中穿行，最后来到位于大烟囱后面的太平间。这是一间宽大的扁平黑瓦房，像一只庞大的黑抽屉造形。可能是李俏预约过，我们一进去，就有穿白大褂和黑色胶靴的工作人员迎上来，李俏将一只木制号牌递给他。

那人领着我们进入冷柜库房，迎面是一排被编了号的不锈钢大抽屉，全都安在墙上。我全身一下抽紧了，使劲攥住劳莲的手。劳莲被我攥痛了，她咬紧牙，用另一只手轻抚着我。那人低头看了一眼手中的木制号牌，在那一溜大抽屉里寻找。很快就找到了，当他拉开一个大抽屉时，猛然间升腾起一股刺骨的冷气。大抽屉里的爸爸蜷曲着，眼睛紧闭，像个熟睡的孩子，好像在等着我们喊醒他。

我下意识地摸了摸爸爸冰凉的脸。我发现，爸爸的两腮高高地鼓着，我眼泪险些涌出来——我记得，在我很小的时候，爸爸常把我举起来，当他举累了，就把我放在他的臂弯里，跟我做游戏。那是个简单却有趣的游戏：他把两腮鼓起来，鼓得像河马，然后让我把他腮帮子里面的气打出去，先打一侧，再打另一侧。可是我手太小，又没力气，总是无法把爸爸的腮帮子打瘪。爸爸喊着，用劲，用劲！我把吃奶的劲都用上去了。我好不容易把爸爸的腮帮子打瘪下去了，爸爸又把腮帮子鼓起来了，我又接着干。每次我都乐得哈哈大笑。我迷上了这个游戏，后来爸爸下班一回家，我就要他把腮帮子鼓起来

劳莲拼命咬紧嘴唇。米琪则目不转睛注视着，身体颤栗起来。这时我才意识到，不该把他带进来，我和劳莲都犯了一个极其严重的错误。眼前的这一幕，对一个五六岁的孩子来说太残酷了，他以后还会有快乐吗？

我慌忙把米琪拉进怀里。我让他背对着大抽屉，不让他看爷爷。可是他却使劲扭过头去看，他颤栗得越来越厉害。他声嘶力竭地喊，No，no！接着他又用汉语叫着，爷爷，爷爷！我是从去年开始教他中文的，到现在，他已经能进行简单的汉语会话了。

米琪的声音清脆而尖锐，犹如一把尖刃，刺痛了我和劳莲。米琪一直盼着能见到爷爷，他希望爷爷给他讲童话故事，希望爷爷带着他到处玩儿，他还希望爷爷扮演一匹马，他则扮演欧洲中世纪的骑士，骑在爷爷背上。可是他最终见到的却是一具冰块。根据英文

的习惯，爷爷不能再被称做"他"，而应该被称做"它"。

　　奇怪的是，直到这时，我仍然没有撕心裂肺的痛楚，我冷静理智得可怕。这样说也许并不准确，应该说我变得像木头人，我身上所有被称为感情的部分都被抽空了，全都被填上了木屑。我和李俏商议后面要做的事。李俏说，不要停，把要做的一鼓作气都做完。我找到殡仪馆最好的入殓师。没想到她是个体态丰满的漂亮女人，我塞给她一叠钞票，她拒绝接受。她让我放心，说会让我满意的。我把在寿衣店买的东西悉数交给她。我又预订了昂贵的汉白玉骨灰盒。因为需要解冻，只能翌日上午火化爸爸。

五

李俏告诉我，我的住处在走廊最南端，501室。走廊两侧都是老人的房间，已到午饭时间了，可这些房间的门都关着。李俏说，老人们把午睡挪到了饭前，先打个盹儿，才有力气下楼吃饭。我看到，每个房间门上都有一个长方形的小玻璃窗，可能是为了便于观察房间里的动静。小玻璃窗下方贴着纸条，标注居住者的姓名和护理等级，比如全护，半护或自理。

我的房间门上也贴着一张纸条，上面写着：费老，自理。书写者可能没弄清我的名字，所以就写了"费老"。李俏推开门，招呼我，进来吧。我犹疑了片刻，跨了进去。我房间在走廊的左侧，朝阳，每天早上可以迎接第一缕霞光，这一点让我很满意。房间很干净，毛巾、浴巾、牙刷、口杯、面盆、手纸，一应生活用品俱全。床铺也很整洁。先我而来的那只特大号行李箱，靠在床头柜上。李俏拉开壁橱门，问我要不要把行李箱放进去，我摆了摆手。

床头有个按钮，李俏说有急事要叫人，就可以按这个按钮。她把一张作息时间表交给我，说费爷爷可要严格遵守作息时间哦。我点了点头。李俏说，费爷爷休息一下，就下楼吃饭哦。我点了点头。李俏最后又说，我还有事，去忙喽。我点了点头。我好像不会说话了。

李俏正要离去时，我叫住了她。李俏问，费爷爷有何吩咐？我心里攒足了劲，问她，这房间里，死过人吗？李俏愣了愣，费爷爷干嘛问这个啊？我盯着她。她像个无处可躲的人，说，好吧，我回答您，养老院的每个房间都死过人。她又补了一句，入住这儿的老人，最后都是从这儿走的。

这个问题问得太傻了。养老院既是老人最后的居所，也是最后去往冥间的出发地，你不死在这儿，还会死在哪儿呢？然而，回想起来，从庆生动员我入住养老院，到最后我终于说服了自己，同意来到这儿。在这个过程中，我好像并没有认真想过这个问题，或者说我在刻意回避"我最终会死在养老院"这个问题。我答应庆生搬进养老院，仅仅是为了不让远在加拿大的他为我操心而已。我意识深处觉得，我其实是去养老院做客，最后还是会回到家中的。我最后不会死在养老院，我最后会死在家里。而现在，我终于明白，我在掩耳盗铃。事实上，我的人生结局——也是所有人的结局——已经昭然若揭。养老院其实就是盛放死亡的容器，既然如此，我为什么还要在意我的房间有没有死过人呢？

不久前，庆生在跟我视频聊天时，头一次提到"养老院"。我当时觉得特别刺耳，我对庆生说，你能不能不说"养老院"啊，如果你非要说"养老院"不可，那就用另一个词代替吧，比如"老年公寓"。后来我想，我为什么排斥"养老院"，却能接受"老年公寓"呢？这也许是因为"养老院"里的"院"让人联想到"医院"，而医院是跟死亡联系在一起的，进入了养老院，就意味着进入了死亡。好像谁说过，老年是一种永远无法治愈的痼疾，其结局不言而喻。而"老年公寓"不会那么赤裸裸地指向死亡，与"养老院"相比，它温和多了，含蓄多了，尽管死亡就蛰伏在里面——你瞧，人是多么需要自我蒙骗啊。

李俏离开后，我在床沿上坐了会儿。我心里翻江倒海，五味杂陈。我发现虽然现在我已经置身在养老院了，可我还是没有做好住在这儿的心理准备。而残酷的现实是，我已经没有退路了，我再无可能回到家里去了。我已经没有家了。如果我不能尽快融入养老院

025

的生活，那我怎么办？我又能怎么办？我想起了带着倒刺的鱼篓，鱼一旦被塞进去，就再也出不去了。我现在就是一条孤独的鱼，注定要在养老院这个鱼篓里苟延残喘。

　　突然响起"笃笃"的敲门声，敲得既轻，又很节制，让你感觉敲门人是个谦谦君子。门其实虚掩着，我说请进，敲门者就把门推开了。来者中等身材，背有点驼，尽管已到垂暮之年，头上仍是一头浓密的黑发，也许染过。他长相难看，那对黑油油的眼睛在皱起的眉头下尖刻而凶狠地闪着光，使他的面孔令人不快，尤其是当他力图使自己的眼神显得柔和的时候。我叫陆继昌，他自报家门，把手伸过来。我素不与人握手，但眼前情景不握又不行，只好勉强为之。朱股长的手硬得像铁钳，而他的手绵软无力，且冰凉瘆人。我让他进来坐，他让我看他腕上的手表，你看，都快 12 点了，该去食堂吃饭了。你初来乍到，不熟悉环境，我带你去。我心想，你倒是个消息灵通人士，第一时间就知道我来了，嘴里说的却是，谢谢你，请以后多关照。

　　陆继昌道，到这儿来就得大家互相关照，一起搀着扶着往前走。食堂在大楼南边的平房里，之间隔着一道树篱。餐厅有很多老人在吃饭，见到陆继昌都争先恐后跟他打招呼，看来这老头人缘不错。陆继昌指着我道，这是新来的伙伴，大家认识认识吧。年轻时，我遇大庭广众就会紧张，老了后也没改掉。人身上的很多毛病是无法改掉的，它会横亘人的整个一生。我有点局促不安，说话也不利落了，只是一个劲地跟大家作揖，最后憋出一句"请多关照"。好像我只会说"请多关照"。

　　陆继昌让我拣个座位坐，他去打饭买菜。我忽然想起，忘了办饭卡，就让陆继昌先垫一下。陆继昌说，什么你的我的，在这里我们就是一家人了。很快，陆继昌就像个跑堂似的，一手托着一只不锈钢餐盘过来了，脸不红，气不喘，让我刮目相看。后来听人说，陆继昌年轻时是个练家子，精通南拳北腿，善飞檐走壁，还当过侦察兵，参加过对越自卫反击战。有次我当面问他，想证实一下，但他矢口否认，说完全是坊间传说。

旁边饭桌上坐着个神情落寞的老人，看上去很老了，松垮垮的脸上布满了老人斑。陆继昌大声招呼，崔老，吃好了啊？崔老不亢不卑瞅了一眼，也不打话，只把吃了一半的餐盘推到桌子中间，趴下就睡。陆继昌说，崔老五十年代当过县长，那时他年轻啊，血气方刚，没管好裤裆里的那个家伙，犯了生活作风错误。要是没这档子事，说不定当上省长了。我说，小声点啊。陆继昌说，没事，他耳聋，听不见。陆继昌扒了口饭又说，男人倒霉都是倒在那个家伙上，要不怎么说那家伙是男人的命根子呢。

我们正吃着，陆继昌突然说，不好，出事了。我有点丈二金刚摸不着头脑，出什么事了？陆继昌看了崔老一眼，老爷子可能走了。我一下没明白，走了？他不是趴着睡觉吗？陆继昌把眼一闭，又一蹬腿，做了个一命呜呼的动作。我朝神态安然趴着的崔老投去质疑的一瞥，不会吧？陆继昌说，老爷子只要睡着了就鼾声如雷，你听听，一点声响都没有。我说，万一没睡着呢？陆继昌笑了笑，我的直觉从没错过，这一点我还是有把握的。他过去拍了拍崔老，后者纹丝不动。

崔老刚才还在说话，怎么说没就没了，生命真的比芦苇还脆弱吗？我冲陆继昌说，快叫人来啊！陆继昌朝我摆摆手，我们先吃饭，吃好了再说。

哪还有心思吃饭啊，我忍不住转头去看崔老，他一动不动地趴在那儿。我想起书妍以前说过的话——若以睡眠的方式安详地离去，可以保持人的最后尊严。陆继昌就像什么也没发生似的，不紧不慢地吃着，感慨道老爷子有福啊，这得修几辈子啊。

我感到一种直抵内心的痛，我对陆继昌说，我先回房了。是的，我要逃离现场了，我要逃到我房间里去了，但实际上我无处可逃。陆继昌说，这儿没你什么事，你回去休息吧。其实我不想回房，我忍受不了房间凄清落寞的气息。我在楼下大厅的不锈钢长椅上坐了很久，直到门外响了一声汽车喇叭。

一辆五菱面包车从大门外驶进来，大概是崔老的家人来了。透过玻璃门，我看到面包车朝食堂驶去。我顾影自怜地沉浸在个人的哀伤里。陆继昌说得对，崔老是有福的，无疾而终是最理想的死。我以后会怎样死呢？是在无休无止的病痛折磨中痛苦地死去，还是像崔老这样在睡梦中安恬地离世呢？一个人怎么生并不重要，重要的是怎么死。没想到，到这儿的头一天，养老院就用死亡迎接了我。我压抑得喘不过气来。

后来我听说，县里要给崔老开追悼会，但家人谢绝了，可能与崔老那不光彩的一页有关。

那天晚上——我来养老院的头一晚——我在床沿上坐了很久。那张单人床很窄，像极了火车卧铺车厢里的那种小床。其实，我现在不就是坐在火车卧铺车厢里吗，这列火车会不断有人下车，今天崔老就下车了，什么时候会轮到我？我打量着我的这间小屋，现在，陪伴我的只有两样东西：行李箱和单人床。它们大概是所有老人最后的标配，无论你曾经拥有过什么，但最后属于你的只有行李箱和单人床。你空手而来，必将空手而去。

我比以往任何时候都想念书妍，要是她现在和我在一起多好啊。我记得她说过，当你烦躁不安的时候，就躲进宁静的文字吧。文字就是掩体，会让你获得安全感。我打开行李箱，取出三卷本的《追忆逝水年华》。来这儿之前，我想多带几本书，我甚至想让人运来几箱书。但踟蹰半日，还是选择只带这本书。我觉得我的余生能读完它就不错了。事实上，我在几十年前就开始读这本书了，可是到现在只读了个开头。这是一本永远无法读完的书。

多年前的一天，我和书妍去逛新华书店，她想买《聂鲁达诗集》，我想买《追忆逝水年华》。我曾经读过它的片段，我神迷目夺于普鲁斯特的文字。没有哪部小说像它那样深刻阐释了这样的道理：生命只是一连串孤立的片刻，靠着回忆，许多意义才得以浮现，但浮现后又很快消失，而消失后又浮现，如一串串在河流中跳跃的浪花。那些浪花其实是生命在水中跃动的倒影，虽然它在时间的河流中微不足道，却会生生不息，绵延不绵。

不过，我们不抱什么希望，掘城既是个闭塞的小地方，新华书店的格局也大不到哪儿去，"一书难求"应该是常态吧。但我们万万没想到，书店竟然设有西方名著专柜，《聂鲁达诗集》和《追忆逝水年华》赫然在列。这全赖热爱经典的书店经理之赐，我和书妍感恩不尽。我拿起《尤利西斯》问他，掘城恐怕没有人会读它，你为什么还要进货呢？书店经理说，有些书不是读的，而是作为人文景观存在。

《追忆逝水年华》是一部卷帙浩繁的大著，买回家后，我一直在开头流连忘返。书妍发愁地说，你能读完吗？她其实是说，"你此生能读完吗"。我模仿书店经理的口吻，有些你钟爱的书，不是用来阅读的，而是为了拥有和回忆。

我把《追忆逝水年华》摊在桌上，可是刚看了开头就看不下去了，我有个奇怪的感觉：当我埋头看书时，似乎冥冥之中有个人也把脑袋从我肩膀上伸过来，跟我一起看。我甚至能感觉到这个人凉丝丝的呼吸。这个人就是在这个房间故去的人吗？这么一想我的头皮就要炸开来了。我起身踱了几步，做了一次深呼吸，努力让自己平息下来。我试图说服自己：完全是你的心理作用，是你的幻觉，是你自己吓唬自己。

我重新坐下来翻开书，接着往下看。可是刚才那种可怕的感觉又冒上来了。

六

第二天，别克商务车载我们去殡仪馆。天气阴沉，欲雨未雨。我换上了黑色西服，劳莲和米琪穿的是蓝色衣服。在加拿大，送葬人都穿这两种颜色的衣服，并在胸前佩戴一朵白花。我不知从哪儿能搞到白花，只好将就了。

我们到达殡仪馆时，李俏和好多养老院的老人在门口等我们。根据李俏的安排，要给爸爸开一个追悼会，所以这些老人都是来参加追悼会的。领头的老头长着一只红红的长鼻子，嘴角几乎伸到耳际，微笑的时候，不仅牙齿，连牙床也露了出来。他举止粗疏笨拙，嗓音尖锐刺耳。他主动跟我打招呼，自我介绍叫陆继昌。他意味深长地对我说，你爸如愿以偿，终于以自己的方式逃离了老人院。这话让我极不舒服，我跟他客套几句后再未搭理他。

殡仪馆正面墙上挂着爸爸的大幅遗照，是按爸爸身份证上的照片放大的。两侧挂满了挽联，不是在祭品店买的那种印刷体，而是当场用毛笔写上去的，字迹古朴遒劲。我知道，中国老人退休后，大都寄余生于莳弄花草、浸淫书画的乐趣中，养老院里不乏书法高手。挽联内容，或哀悼故人，或对死者极尽颂扬之能事。

爸爸躺在玻璃棺里，四周鲜花簇拥。经过入殓师精心化妆的爸爸，换上了崭新的寿衣寿帽寿鞋，爸爸面色安详，两手交叉放在胸前，仿佛酣然入睡了。追悼会当然由我这个做儿子的主持，可是我不知说什么好。爸爸没有什么丰功伟绩，也没做过什么可圈可点之事，爸爸实在很平凡。李俏说，大家都跟费老说几句吧。有些老人上来说了"费老一路走好"之类的话。更多的老人说，费老是个好人。好人，其实是对死者的最高评价。我很感激养老院如此隆重料理爸爸的后事，我对李俏说，你们太看重我爸爸了。李俏的回答是，凡是在养老院辞世的老人，我们都会举办一个追悼会，让逝者体面地上路，有尊严地离去。

最后的时刻到来了。所有的老人都跟在我身后，绕着爸爸转了一圈，跟爸爸告别。这时，吊唁厅的后墙突然打开了，那其实是一道门。进来两个穿黑罩衣的焚尸工，用铁钩勾住玻璃棺，拖到后面的走廊上。我赶紧追过去。这条走廊的两侧都有门通向各个吊唁厅。焚尸工将玻璃棺拖进一道铁门，我追过去时，铁门上拉起了一道栅栏。我被坚固的栅栏阻隔了。

悲伤就是在这时如潮水般涌来，我呼天抢地拍着栅栏，大声喊着"爸爸，爸爸！"。劳莲跑过来，我一下昏倒在她怀里。我是被米琪撕心裂肺的尖叫声吵醒的——Dad，Dad！仿佛是我喊叫"爸爸"的回声。米琪抱着我的头，哭成了泪人儿。

我挣扎着跑到殡仪馆广场上，仰首看高高的烟囱。此刻，烟囱正冒出淡淡的白烟，我不知道哪一缕是爸爸的。二十分钟后，我被叫到那道栅栏前，铁匣子里只剩下白骨。那椭圆形头盖骨的轮廓，我一眼就辨认出，是爸爸的。有多少次，我捧着它，我用手蒙住它上面的眼睛，让爸爸猜猜我是谁。它是我的过往，是我的整个童年时代。焚尸工把铲子递给我，说，你来吧，他把铲子递给我。我泪雨滂沱，看不清爸爸的头盖骨了——那里面曾经装满了爸爸65年的人生，装满了爸爸的记忆、爱，和对生活的深切体验。那就是我亲爱的爸爸啊，而此刻，我要用铲子将他捣成齑粉。

半小时后，我捧着骨灰盒坐进了商务车。车子里除了我们全家，还有李俏。我们将去养老院取爸爸的遗物，一路上谁都没有说话。当车子进入东环路时，我想起爸爸以前经常在这条马路上跑步，我很小的时候，他还带我一起跑过呢。我往往是猛跑一阵，然后就气喘得跑不动了。爸爸把我举起来，让我叉开两腿，骑在他脖子上，掘城人称为骑高脚马。我就这样骑着高脚马回到了家中。

车子循道向右，来到天一批发市场。从前，爸爸跑到这儿就止步转身了，不过，有时他还会往西跑，越过如泰运河大桥，去我曾经就读的掘城高级中学。天一批发市场对面有个豁口，车子穿过豁口，沿一条狭窄的水泥路往南。行驶了一段路后，终于抵达了养老院。它是一幢五层的赭黄色楼房，四周砌着围墙，有供老人活动的大院子。

底楼的玻璃门感应度极强，车子刚在台阶前停下，它就"呼"地一下自动打开了，有种"请君入瓮"的意味。我抱着米琪，劳莲挽着我，我们就这样跨进了电梯。（为了方便叙述，下文不再引用英文。）

李俏引我们进入爸爸的房间。这房间不足 10 平米，仅够容一床一桌一椅和一个简陋的卫生间，它看上去更像一个逼仄的囚房。爸爸是在遍地开满鲜花的 5 月来的，现在已经是露出天高云淡端倪的 9 月了。我掐指算了算，爸爸在里面住了 4 个月零 2 天。

爸爸的遗物就那几样：洗漱用品，老花镜，水杯，笔记本电脑，手机，几件换洗衣服，和三卷本的《追忆逝水年华》。我注意到，书里有折页，在上册的中间，我想，这应该是爸爸最后一次看书折起来的。我将它们统统收进行李箱。行李箱是我读大学那年爸爸给我买的，特地买了个特大号的，爸爸说放东西多。

李俏拉开床头柜抽屉，拿出三样东西：钥匙、笔记本和身份证。看到那把系着青蛙的两把钥匙，我的眼泪又涌了出来。青蛙是妈妈用玻璃丝编织成的，用来做钥匙坠。我上小学时，脖子上经常挂着它。学校离家不远，要是大人不来接我，我就自己跑回去，自己用钥匙开门。没想到，这么多年过去了，爸爸还完好无损地保存着这个钥匙坠，而玻璃丝青蛙历久时间的洗礼，似乎更加栩栩如生。

笔记本的封皮是黑色塑料的，32开，样式老旧，是爸爸那代人喜欢用的。我翻开看了看，扉页上用水笔赫然写着5个黑体字：

养老院手记

什么叫手记？大概就是随手记下来的意思。我心跳得厉害，怕它飞了似的紧紧攥着。我一下觉得，整个世界再没有比它更珍贵的东西了。我知道爸爸有记日记的习惯，爸爸无疑会把他在养老院的生活巨细靡遗地记录下来，让我可以从中窥见他的心理历程，心灵轨迹，而且，它很可能会解开爸爸的坠楼之谜。

床头柜里还躺着一张崭新的银行卡。爸爸就是不告诉我，我也知道密码是我的生日。爸爸曾经说过，我的生日是进入这个世界的通行证。

到跟爸爸最后栖身的房间告别的时候了，我此生再无可能来这儿。爸爸留存在它里面的身体气息，他所有的生命痕迹，他的所思所想，他一切的欢愉或忧愁，他的孤寂，他的疑惧，他的虚妄的憧憬（会有吗？），都将随着时间缓缓消逝，最后荡然无存。

就在我欲跨出房间门时，李俏看了我一眼，那眼神跟昨天晚上她离开酒店朝我示意的眼神如出一辙，我即刻明了她的意思。后来我一直思忖，我为什么跟李俏如此默契，对她的暗示总能心领神会？我肯定永远找不到答案。这个世界就是由清澈和模糊构成的。

我跟着李俏来到后窗前。我不想说这是爸爸的坠楼处，而宁愿说这是爸爸逃离养老院的地方。其实，我没必要说"后窗"。爸爸住的这个房间只有一扇窗户，就在后墙上，而房间的门口就是走廊。窗户开着。我不知道是在我来前李俏让人打开的，还是爸爸那天坠楼后就一直开着，如果是后者，那么窗户就是爸爸打开的。他把窗户当成了门，他把打开窗户当作打开世界的门。如果可以这样说，那爸爸就不是坠楼，而是出走，从养老院出走。

窗户下面摆着一把椅子，这也证实了爸爸的坠楼是自主行为。那天夜里，爸爸先爬上这把椅子，再从椅子上爬到窗台上。后来很长一段时间我都在想：爸爸爬到窗台上，面临的就是万丈深渊。爸爸害怕过吗？犹疑过吗？他是一鼓作气跃入了虚空中，还是在窗台上逗留了许久，最后做了绝望的抉择？我多想进入爸爸的灵魂，分享他最后时刻的思想和情感。但是我突然发现，从小到大，我都从未接近过爸爸的灵魂。

七

　　我把《追忆逝水年华》合上了。我沮丧地想，此生再也不能把它读完了。我再次深刻地体会到，读书从来就不是一件轻松的事。我站了起来，在狭小的房间踱来踱去。我数了数，从门到窗子是七步，从窗子到门是七步。我一下愣住了，这不是伏契克说过的话吗？他在那篇著名的《绞刑架下的报告》里说，（牢房）从门到窗子是七步，从窗子到门是七步。我一遍遍地来回走着，一遍遍地来回数着。我之所以不停地踱步，是因为这样会甩开那个把脑袋伸到我肩膀上来的人了。可是后来我困倦得再也迈不开步了。很显然，我接下来要做的，就是睡觉了。

　　我打量了一眼单人床。它是我此生睡的最后一张床了。它其实更像一只小船，每天不动声色地在时间之水中航行，最终将我摆渡到冥岸。忽地，我的目光被一只无形的手钉在一处长溜溜的印痕上。毫无疑问，这个印痕是睡在这张床上的人留下的。毫无疑问，这个人也在这张床上死去。离枕头很近的印痕，应该是胳膊压出来的。与它对称的右侧也有同样的长长的印痕，这证实了我的猜想——两条胳膊，一左一右。在两条胳膊之间，我又找到了一处面积比较大的印痕，它明显是脊背压出来的。顺着脊背往下，我又找到了臀部的印痕。臀部印痕往下，又是一左一右两条颀长的印痕，不用说，这是那人的两条腿。

　　床单是新换的，我甚至能闻到阳光的味道，那么，为什么还会有这些印痕呢？我掀开床单，找到了答案。原来，褥子上就留有很深的人体凹痕，而被单又是紧贴着褥子的，这等于是被单把褥子上的人体凹痕拓印下来了。一个人只有长期仰卧在床上，并保持着固定不变的姿势，才有可能在褥子上留下他身体的凹痕。我想，躺在这张床上的人，一定是经历了长期的病痛后才弃世的。他一直仰躺着，他最后看到的世界是洁白的天花板——这是一个褊狭的世界，又是一个辽阔的世界。在这个即将死去的人看来，洁白的天花板其实是一块银幕，他一生的经历，像电影似的在银幕上一一掠过。而在电影的结尾处，这个人溘然长逝。当然，他很有可能不会这么幸运——银幕上放映的并非他风光的一生，而是地狱的悲惨景象，并且他厕身在这悲惨的景象之中。他看到自己被小鬼施以种种酷刑，最后，他在恐惧和痛苦中离世。一想到我将在这张散发着死亡气息的床上度过我的余生，我的四肢和躯干将会嵌在这些印痕里——床实在太窄小了，只要躺上去，你的四肢和躯干无法不嵌在那些印痕里——我就不寒而栗。

我突然痛恨起自己来了。这张单人床让你这么害怕吗？住进养老院是你的宿命，睡这张单人床也是你的宿命，为什么你不敢面对呢？我捶了一下自己的脑袋，赌气地爬到床上躺下。跟我设想的一样，我只能仰躺着——单人床太窄了。而我仰躺着时，我的四肢和躯干就完全嵌在那些印痕里了——我与那个死者重叠在一起了（我与死亡融为一体）。

尽管我想挺住，可我还是禁不住颤栗起来。年轻的时候，我与书妍总认为我们的生活应该在别处。书妍实现了自己的夙愿，终于去了"别处"，现在，当我进入65岁时，我也来到了"别处"。我的这个"别处"等同于书妍的那个"别处"吗？我的这个"别处"与书妍的那个"别处"远隔天涯，还是近在咫尺？无论你愿不愿意，你都必须在这个"别处"（养老院）度完最后的日子。你应该跟这个"别处"握手言欢，而握手言欢是通过一次次睡眠来完成的。

我抑止不了颤栗。我仿佛听到一声隐秘的叹息，轻微而冰凉。我依稀看到一个模糊不清的人影悬在我脸的上方。我惊叫了一声，可是我并没有听到惊叫声，我大张着嘴，却没有声音出来——我恐惧得发不出声音来了。

我相信这个世界是有鬼魂的。我很小的时候，跟父母还有姥娘寄住在海边的亲戚家里。亲戚是个慈祥、温和、勤俭的寡妇，我们这些孩子都叫她大妈妈。她的公爹和我祖父是亲弟兄。她特别喜欢我，总是把藏着的好东西给我吃，花生糖啦，油馓子啦，煮鸡蛋啦。有时实在找不出好吃的，就往灶膛里埋一只红薯，等到烤熟了，用烧火棍拨出来。红薯很烫，大妈妈不停地在两只手间传来传去，往红薯上吹气。待红薯冷却了，才放我手上。

几年后，大妈妈在田里拔草，拔着拔着就倒在地上了。我和父亲去奔丧。晚上，父亲和其他守灵人在另一间屋子里打牌。父亲想吸烟，让我去灵堂找火柴。我看到大妈妈穿着花花绿绿的寿衣，静卧在棺材板上。我害怕得叫起来。父亲赶紧过来，问我怎么了。我说，怕。父亲看了一眼躺在那里的大妈妈，说死人有什么可怕的，人死了就不再是人了，人死了就成了物了，比如一张桌子，一把椅子，你会怕一张桌子或一把椅子吗？父亲的声音很大，好像是故意说给大妈妈听的。

可是，人会变成鬼。我很想告诉父亲，我在很小的时候看到过鬼。当时，大妈妈的邻居死了，那是一个孤寡老头，他的草屋离大妈妈家西山墙很近，而大妈妈家的茅坑就紧挨着西山墙。老头的草屋门口长满了南瓜藤，硕大的南瓜兀立其中。老头死的那天夜里，我姥娘背我去上茅坑。下弦月还挂在天上，有淡淡的月光，能看到树木映在地上的影子。我突然看到茅坑门口立着一个佝偻的人，身形轮廓像极了死去的老头。我吓得一下磕在姥娘的背上。很快，那个人消失得无影无踪，仿佛随风而逝。我在茅坑座上坐了很久，什么也没拉出来。回家后我就开始发烧了，整整病了半个月。

民间有种说法，只有小孩子能看见大人看不见的脏东西，也就是鬼魂。奇怪的是，有的老年人也能看鬼魂。我有个当乡村医生的朋友曾给我讲过一个故事。有天凌晨，这个朋友值班，接待一个病人，是个老太太，由儿子送过来。老太太抱着被子瑟瑟发抖，掩面而泣。老太太的儿子说，她母亲之前一切正常，昨天他回到家里，看到客厅的椅子东倒西歪，母亲蜷缩在墙角，边发抖边哭泣。他问母亲怎么了，母亲说看到她们了：傍晚，她送走来串门的邻居，准备关门做饭，一回头，看见昏暗的客厅里坐着两个女人，而这两个女人不久前刚去世。

在很多年前，当我还是个小孩子时，我看到了鬼魂。而现在，垂垂老矣的我，再一次看到了它，就在刚才，那个人影悬在我头上方俯视着我。这是它第二次出现了。第一次出现，是在它伸过脑袋跟我一起看《追忆逝水年华》。毫无疑问，他是这个房间的亡人，他像我一样，举目无亲，孑然一身，孤独无依。他在凌晨时死去，无人知晓。他的魂魄并没有离开这个房间，只要我熄灯，他就会在黑暗中俯视我。

我又乏又困，可是内心紧张得毫无睡意。也许冲个澡会好些。卫生间在屋子的一角，是个独立的小空间，这个小空间又辟出一半作淋浴房。当我走向淋浴房时，耳边仿佛响起花洒喷出的水声，书妍的身影从水帘中隐现出来。我想起多年前的一幕：有一次我冲完澡从淋浴房出来，一条散发着阳光味道的浴巾迎接了我。我被包裹起来。书妍在我耳边说，我要把你邮寄到遥远的梦乡。她用干爽的毛巾擦着我湿漉漉的头发。我张开浴巾对她说，快家来吧。书妍钻进来，问我，这也是家吗？我说，一条浴巾也可以成为一个家。书妍流泪了。我吻了她的眼泪，我说，眼泪怎么是咸的。她说，眼泪就是盐，人类没有它就无法生存。

八

　　我在上车前，最后看了一眼这幢赭黄色楼房。李俏送我们回酒店。劳莲想在掘城多待几天，好好认识一下我出生和成长的地方，而米琪也对他爸爸的故乡充满了好奇。我索性把在网上订购的回程机票退掉了，这样就能踏踏实实留在掘城了。我让别克商务车停在酒店大门口，侍童过来开车门。我们全家从车上下来，李俏也从车上下来，跟我们告别。她抱起米琪，吻了他一下。米琪也亲了亲她。劳莲拥抱了李俏，很久才松开。我跟李俏握了握手。我发自肺腑地感谢她。我对她说，大恩不言谢，我会永远把你铭刻在心里的。劳莲后来埋怨我，怎么没跟李俏拥抱。我告诉她，这就是中国人的方式。劳莲做了个大惑不解的表情。

　　我们目送着车子渐渐远去。不会再见到李俏了，这让我怅惘不已。但同时我又觉得，世间的人一旦交集了，就缔结了某种纽带，有时它看似在你眼皮底下消失了，其实却是藕断丝连，很可能会在你最不易察觉的时候，又与对方重逢了。这个想法暂时安慰了我。

　　我把装满爸爸遗物的行李箱送到房间去。我还打开来看看爸爸的黑色笔记本还在不在里面了。这个举动有着神经质的意味。黑色笔记本是我亲手放进行李箱的，怎么会少呢？劳莲说我有强迫症。我承认这一点，爸爸身上就有，我应该是遗传他的。我对劳莲说，爸爸的这本笔记本就是我的生命。劳莲疑惑地看着我，那意思是说，有这么重要吗？

　　我们离开养老院时已经是晌午了，李俏打电话来，想请我们吃午餐，我们谢绝了。此刻已经过了晌午，我们都饥肠辘辘了。我带劳莲和米琪去酒店对面的饭馆。这儿有很多饭铺，各种招牌在阳光下熠熠生辉。有家叫"星期八"的饭店让我心头一热。小时候，爸爸妈妈带我到这家饭店吃过饭，我还问爸爸，不是没有星期八吗，怎么取这么个名？爸爸说，这是为了让顾客感到怪异，印象深刻。很多商家都惯用这种方式招徕顾客。

没想到，这么多年过去了，这家饭店还在。我想请劳莲和米琪进去吃大餐——谁说时光一去不返？它其实是可以重现的，当我和劳莲，米琪坐在一张我和爸爸妈妈曾坐过的餐桌前时，多年前的场景就会一下还原。你瞧，时间根本没挪窝儿。以米琪的汉语水平，他还不认识"星期八"三个字，否则他很可能问我是什么意思，店家为什么取这个名字。然后，我就会告诉他，这是为了让顾客印象深刻。我还会告诉他，很多商家都会用这种手段招徕顾客。啊，我不仅抄袭了爸爸的原话，我还会抄袭爸爸当年说这话的表情、腔调和说话的姿势。

然而，米琪却被"星期八"隔壁的"如意馄饨"吸引了，确切地说，是被它的招牌迷住了，那上面画了只让人垂涎欲滴的大虾。米琪指着它说，我要吃那个。他一只手拉着我，一只手拉着他母亲，把我们拖了进去。我们蓦然闯进，引起饭铺一阵骚动，食客们都盯着劳莲和米琪看。掘城这个小地方的人，对洋人还是很好奇的。米琪算不上地道的洋人，他身上东方人和西方人的血统各占一半，但是卷曲的头发和深蓝色的眼睛，让人一看就是个"洋娃娃"。劳莲更不用说了，她是真正意义上的洋人，在人堆里特别扎眼。不过，劳莲处乱不惊，主动用汉语跟人们打招呼。

如意馄饨的馅儿有几种，我们理所当然选择了虾仁的。米琪一口气吃了两碗还意犹未尽。劳莲也是赞不绝口，说没想到你家乡有这么好吃的东西。我说，我家乡好吃的东西多着呢。劳莲接着说，那我每天要吃一样，吃完再回去。我说，那得多久才能吃完啊。劳莲笑着说，吃不完就不走了呗。

有个小插曲。在我们吃馄饨时，有个跟米琪差不多大的小女孩突然跑过来跟米琪拉手，用英语招呼米琪。小女孩娴熟标准的英语让我惊奇。坐在不远处的年轻男子朝我点头微笑，我猜想他是小女孩的父亲。小女孩很大方，叫米琪哥哥。米琪腼腆羞涩，脸都红了，一言不发地把手从小女孩的手中抽了回去。小女孩有点沮丧，跑回到她父亲身边。我们餐桌上有两个位置空着，年轻男子就领着小女孩过来了。劳莲鼓励米琪，跟这个妹妹聊聊吧。米琪还是一句话没说，很拘谨。年轻男子说，没别的意思，就是让孩子练练口语。对不起，打扰了。我问他，小姑娘上学了吗？年轻男子说，还没有，上幼儿园呢。我有点吃惊，幼儿园就开始学英语了？年轻男子说，我们这儿的幼儿园都开了英语课程，语言这东西还是从小就要抓。我说，揠苗助长可是犯了幼儿教育的大忌啊。年轻男子不以为然地说，孩子不能输在起跑线上。

我们吃完馄饨回到了酒店。我对劳莲说，下午我们就在房间休息，明天就搬回去住。劳莲疑惑地看着我，搬回去？我说，搬到你夫家去啊。劳莲不明白"夫家"何意。我解释了一下。她一下来了兴致，说反正也睡不着，不如现在就去。看来，"夫家"深深吸引了她。米琪大声喊着，我也要去，我一把抱起他来，你当然要去，那儿是你的家啊。

酒店大门外停着一溜出租车，我叫了一辆。20分钟后就来到了滨东路口，从路口往东的这条不宽的水泥路叫盐垣路，它的尽头与东环路相交。我曾居住的滨东小区位于东环路和滨东路口之间。它的南面有条与盐垣路平行的路，就是掘中路。黄包车沿着盐垣路向东行驶到百家惠超市门口时，被我叫停了。百家惠超市又让我心头一热，我小时候，爸爸经常让我到这家超市买东西。这么多年过去，它还在这儿。在时间面前，只有"人"是最脆弱，也是最易消逝的。

百家惠超市门口有条朝南的甬道，甬道的两侧就是5层的居民楼，我对劳莲说，从北向南，有6排居民楼，第3排最东边的1楼就是你夫家。劳莲头一次看到中国的居民楼，好奇地张望着。这也难怪，在加拿大，居民住的都是独栋别墅，前后都有面积很大的花园。

我领着他们沿甬道往南，走到一半停下了。甬道西侧不远是一扇朝东的院子门，我领着劳莲和米琪走过去。这个小区所有居民楼的底楼都带有一个小院子，妈妈喜欢养花草，所以当初就买了底楼，那是刚有了我的时候，算来有30多年了。我找出玻璃丝青蛙，用两把钥匙中小的一把打开院子门，一股熟悉的家的气息迎面扑来。

自从米琪出世后，爸爸就很想念这个远在万里以外的孙子，常在电话里念叨，快带老婆孩子回来让我看看。我总是说，会的，会的。总觉得来日方长，谁料到不经意间爸爸就没了呢？如今，我终于带着老婆孩子回来时，面对的却是一座空荡荡的房子。

院子里的地是用砖头铺的，它上面已经长出了一层潮湿滑腻的青苔，有股陈腐的味道。而摆在院子里的盆栽都已经枯萎凋谢了，从那些残叶败蕊，我还能辨别出一些我熟悉的花草，比如万年青、风信子、郁金香、天竺葵、一品红、龟背竹。

我的视线终于落在了摆在院子中央的由4只石凳围着的石桌，而在此之前我一直躲闪着。虽然灰尘蒙满了桌面，但桌面固有的釉子般的光亮还是透过灰尘在阳光下闪烁着，昔日全家围坐着吃晚餐的场景赫然呈现。我仿佛听到了碗碟与桌面相触所发出的宛如玉石之声，穿越时空抵达耳边；我仿佛听到我喊叫的声音，爸爸快吃，我要去看大牛！我看到爸爸和妈妈相视一笑。我还看到了那只小花猫，它轻轻一跃，就坐在了那只空着的石凳上，自始至终神秘地注视着我们。

米琪摇着我的手问，爸爸，你怎么哭了？我抹了抹眼睛，俯身把他抱起来，对他说，我们要养一只小花猫，这样，我们这个家才算完整。

然后，我用另一把钥匙打开家门，对劳莲和米琪说，快进来。

九

几乎每天傍晚，陆继昌都来喊我吃晚餐，好像我不知道吃晚餐似的。我不喜欢被他这般关心，我有种被盯上的感觉。我注意到，陆继昌跟别人都是说"晚饭"，唯独跟我说"晚餐"。是一种不经意，还是有意为之，赋予其象征性，隐喻"最后的晚餐"？基督耶稣的最后晚餐是跟多人吃的，我只想一个人躲在食堂的角落里跟我一个人吃。后来我不下楼了，就在房间里吃。

在识人断物方面，我是愚钝的。陆继昌对我越是热情，我就本能地越想远离他。我总觉得，在他满脸堆笑的背后，是诡谲的莫测高深，这正是让我害怕的地方。他笃笃笃的敲着门，喊着，老费，老费，吃晚餐了。我不回应，也不开门。他敲了一阵后觉得无趣，就自说自话，快下楼吃晚餐啊，然后脚步声渐渐远去。

我在屋里怔怔地坐着。我想起多年前一个夏天的傍晚，全家人在院子里吃晚餐的情景。四只石凳众星拱月般围着石桌。说起来，石凳和石桌还是我和书妍结婚那年，她舅舅送给我们的。她舅舅是个手艺精湛的石匠，长年在大别山某个采石场打工，石凳和石桌就是他起早摸黑打出来的，又雇了车马送到车站，再托运到掘城，费尽了周折。

听书妍说，她5岁时就过继给了舅舅做女儿。舅舅特别疼爱她，视她为掌上明珠，尽管如此，她还是偷着跑回了家。舅舅来接她，她死活不回去。她对我说过，虽然父母不喜欢她，但她还是不愿离开家。她说，舅舅虽然待她好，但舅舅那儿却没有家的味道。我问她，什么是家的味道。她说，家的味道是散发在旮旯里的味道，比如洗衣粉的味道，比如枕头的味道，比如鞋子放在外面曝晒时发出的那种难闻的味道。你一出生，这些味道就沾上了你，让你永远无法脱身。

书妍消失后，我无数次想起她说过的这番话——该是怎样的决绝让她离开了这个家呢？

对石凳和石桌，书妍一直很爱惜，有空就擦拭，使得它们终日闪耀着釉子般的光泽。书妍说，她是擦拭在舅舅家度过的那些日子。看得出，她很怀念那些温暖的时光。后来舅舅就杳无音信了，书妍去过几封信，均无回复。有传言说，这个孤独的老石匠葬身在突如其来的泥石流中了。

我怔怔地坐着，其实是在倾听回响于时间深处如玉石相击的铿锵之声，它从遥远的过去直抵我的耳畔，那是碗碟与石桌相触发出来的声音——在黄昏时分，书妍袅娜着腰肢，从厨房端出晚餐，摆在石桌上。我喜欢看她那时的样子，她用一块天蓝色手帕绾着长发，腰间束花围裙，身上散发着水果的香气。

听到这声响，在自己的小房间搭积木的庆生就跑出来了，大声喊着，开饭喽，开饭喽。随着这喊声，小花猫纵身一跃，跳到石凳上了，轻盈得像是飘上去的。小花猫有一双清澈的褐色眼睛，当我们吃晚餐时，这双眼睛就注视着我们。我总觉得这不是一只猫的眼睛，而是神灵的眼睛。在这样的眼睛里，我会看到夕阳给浮云镶上一层金边。蜻蜓在空中翩翩翻飞，一只鸟的翅膀在楼顶闪了一下就不见了，但很快又出现了，那是一只黑色雨燕，带有醒目的浅色斑纹。从这样的眼睛里，我还能闻到栀子花浓郁的香味，听到小区甬道传来的小贩吆喝声，那种让你迷恋的活色生香的声音——

五香螺儿，茶叶蛋

酒酿，酒酿，酒酿喽

老酵馒头，刚落笼的老酵馒头

臭豆腐，香喷喷的臭豆腐哎

……

声音，是的，声音，一个温暖的家，不仅是由味道构成的，也是由声音搭建起来的，比如炒锅里油花迸溅的噼哩啪啦声、煮鸡蛋在桌面轻叩发出的破碎声、鞋刷在皮鞋上摩擦发出的嗤嗤声、虚掩的门被一阵突降的风推上发出的扑通声、睡眠时飘扬在房间的呓语声、静谧的某个时刻木制家具发出的格格开裂声、烧开的茶壶发出的嘀嘀的鸣叫声、晒衣绳上的衣架被风吹落，掉在地上发出的一声"啪"，窗帘被晚风吹拂发出的窸窣声、午夜时分从卫生间传来的淅淅沥沥的小便声……

我一天中最惬意的时光，就是吃晚餐。我多希望我们的三人晚餐永远不会结束啊。吃饭的意义并不在于吃什么，而在于彼此陪伴，那种天荒地老的陪伴。不过，庆生吃得很快，三扒两扒就吃完了。他把碗一推，催促道，爸爸，快吃，我要去看大牛。庆生总是将海子牛叫成大牛。

看着庆生着急的样子，我和书妍相视而笑。那时，她已发现潜藏在身体里的病灶了吧，她的笑容应该有苦涩的成分，可是粗心的我却没有发觉。

没有了书妍，我还有庆生，这是我唯一的安慰。我们的晚餐还是在石桌上进行。我尽量不让碗碟与桌面相碰，以免发出那种玉石相击的声音。庆生再也不会催我快吃了，也不再提看大牛了。书妍坐过的石凳就在我对面，永远空在那儿。我时不时就抬头朝对面看去。庆生也会朝这个方向看，他想说什么，但最后抿紧小嘴，什么也没说出来。

我还是吃得很慢，尽量拖延晚餐结束的时间。庆生不说话，只顾闷头吃着，好像心事重重的大人。有时，吃着吃着，我下意识地放下筷子。庆生也放下筷子。父子俩对视着，就像日本歌曲里唱的那对沉默寡言人。有时，庆生困了，会趴在石桌上睡着了。我会把他紧紧抱在怀里，直到月华遍地，万家灯火。那时我会想，要是没有庆生，我是不是还能活下去。

庆生上大学后，我再也没有在石桌上吃过晚餐，也不用那些盘盘碟碟，一只碗就够了。我用碗盛点粥或面条，或者我烙的一块饼，站在厨房里就吃完了。但在很多伤感的晚上，我会在石桌旁枯坐很久。我看看庆生坐过的石凳，看看书妍坐过的石凳，再看看小花猫蹲过的石凳——书妍消失后，它就失踪了——最后我再看看光滑锃亮的桌面。我看到月亮从桌面上一点点升起，树叶在桌面上摇曳。有时，我也会看到我的泪滴掉在上面。四周没有一点声响，我起身回到屋里，屋里也没有一点声响，真是万籁俱寂啊。

搬到养老院来，已经半个月了，不知道是怎么熬过来的，真是度日过年啊。我把自己关在房间里，足不出户，尽管李俏屡次过来跟我说要出去走走，否则会憋出毛病来的。她甚至想在百忙中抽出时间来陪我散步，我苦笑着对她说，要是你陪我散步，我还不会被他们掐死啊。因为我看出来，有那么多的老人想让她陪着散步。

她说，费爷爷，您脸色不好，是不是哪儿不舒服，我带你到门诊部去看一下吧。我说，能治好我的只有两样东西。她问，哪两样东西？我想告诉她，家的味道和家里的声音。可是我最后什么也没说。我简直是在痴人说梦，养老院怎么会有这些呢？养老院就是养老院，除此以外，它什么都不是。你要闻家的味道，你要听家里的声音，那你回家啊。可是，我还能回家吗？我还能回得了家吗？

李俏带着一副诧异和纳闷的神情走了。她是个好姑娘，她的气

047

质很像年轻时的书妍。听说她是英语专业大学生，但谁都不明白她为什么有志于养老院的管理工作。我对李俏的态度是矛盾的，既想看到她，又怕见到她。每天都有满肚子的话要对她说，可是一旦当她的面又哑口无言了。天知道是怎么回事。

在这间狭窄的房间里，终日散发着一股混和着老人味和腐烂动物的气息，那是死亡的味道吗？我每天都要开窗，让风灌进来，荡涤房间的每块地方，终是无济于事——那股异味就像一只巨大的臭膏药，牢牢贴在房间里了。

因为我的房间在走廊的东侧，所以窗户在东墙上。窗外就是围墙，墙头上嵌满了尖利的碎玻璃，在日光下闪耀着刺眼的光芒。围墙外头是大片的农田，几座零星的农舍座落在农田的边缘。其中一户农家院子的矮墙上爬满了藤蔓，一只山羊在田埂上缓步而行，不时停下来朝我这儿张望，然后又继续往前行走，从它犹豫不决的脚步看，仿佛随时想拔脚逃走。

我每天都坐在窗前眺望田野的景色。我期待一匹枣红马从天边咴咴叫着穿过农田朝我疾奔过来。而我从窗口一越而下，恰巧落在它的背上。就这样，枣红马把我营救了出去。所以，坐在窗前的我并非是眺望，而是祈祷。祈祷一匹枣红马的出现。

而我又多么讨厌那些喧嚣的声音啊，我快被它们折磨死了。我隔壁总是有咳嗽声，时而尖锐，时而粗砺，昼夜不断，无休无止。我实在无法忍受了，就敲墙警告，孰料咳嗽声变本加厉了，仿佛在警告：朋友，忍气吞声吧，除此，别无他法！与咳嗽声合奏的，是走廊上的笃笃声，那是拐杖敲击磁砖发出来的。笃笃声有时清脆，有时浑浊，有时如嘚嘚的马蹄，有时如雨打巴蕉，轻柔而温情。它跟咳嗽声一样，也是终日不断。如果说它们是聒噪的主旋律让你讨厌，那些变奏曲也令你心烦——时不时传来含混的哭泣声，你永远辨不清是哪个房间发出来的。游离变幻的呻吟声，你侧耳细听，它了无踪迹，而你一旦打算充耳不闻，它却无处不在，响成了一锅粥。有时，凌空里"咣当"一下，像利器猛击你心脏——某个扶着墙把手行走的老头，踢翻了搁在墙脚的痰盂。尖叫好像可以传染，当一个房间响起尖叫时，另一个房间必会响应，第三个房间也不甘示弱，它会产生多米诺骨牌效应，整个养老院都被尖叫淹没了。再也没有比老年人的尖叫更痛彻你的心肺了，它是疼的回声，绝望的呐喊，也是顾影自怜，对恐惧的驱策。

有一次，我很无聊地在养老院信步漫游。在三楼我发现一对来养老院度最后时日的老夫妇，两人年纪与我相仿。我以为是两个孤寡老人，一问才知有儿有女，孙子也上学了。两个人不愿连累子女，才搬到养老院来。房间布置得很温馨，一张大床，两张书桌，另有橱柜、电炉、洗衣机一应家具，墙上挂满了镶在镜框里的家庭照片。老俩口乐呵呵的，待人热情真诚，非要留我吃饭不可。我去时，正碰上他们做饭，油锅里的油热了，因为没有抽油烟机，房间弥漫着色拉油的味道。我贪婪地吸着，我觉得泪都快涌出来了。他们要做个炒青菜，老头执勺。男人就是粗心，水滴不慎溅到油锅里去了，炒锅里油花迸溅的噼哩啪啦声瞬间布满房间，它如此清晰可闻，又仿佛响自于梦境。大颗的泪珠终于从我脸上滚落下来。

十

劳莲和米琪跨进门后，我去把院门锁上——我不希望邻居打扰我们——也返身进了屋。我对劳莲说，你既走进了中国夫家，也走进了中国时间。就像所有初次进入一个陌生家庭的人那样，劳莲站在客厅里，好奇地四处打量，而米琪却不管不顾，拉着母亲的手要往里跑。劳莲看着我。我知道她想得到我许可。即使夫妻间，这个女人也是那么礼数周到。

客厅的沙发上蒙着一条宽大的白被单，用以护脏，我在掀开它时，内心刺痛了一下。我已经害怕看到它了，所有寿终正寝的东西都得用它来蒙吗？

白被单下的沙发很是洁净，我对劳莲母子俩说，先坐着歇会儿，我们有的是时间。劳莲说，还是先参观一下贵府吧。劳莲用"贵府"这个词，让我觉得很有趣。劳莲的说话方式显然转换成了中国式的，这也让我佩服她的机敏。

"贵府"其实很简陋，爸妈都是崇尚简单生活的人，并没有购置多少家具。客厅就是两样东西，沙发和电视。如果连茶几和电视柜算上，那就是四样。卧室的门都关着，我带劳莲母子先参观爸妈的卧室，它位于客厅的右侧。我拧门把手时，突然有种时光倒流的感觉。我很小的时候，每逢星期天，爸妈就带我出去游玩。早上，我起得特别早，我会轻轻拧开爸妈卧室的门把手，看看他们有没有起来。我发现窗帘还拉着，爸妈还在睡。爸爸睡在他的右胳膊上，两腿伸直，一只手抓住枕头，另一只手藏在被子里。妈妈蜷曲地躺着，弯曲的背部跟爸爸的背部碰在一起。可是就在我轻轻带上门时，爸爸却喊起我来，庆生，快过来。于是我喜出望外地跑过去，爸爸把我抱到床上。我睡在爸妈中间，我们三个人往往赖好一阵子床才起来。

我思绪纷飞，以致忘了把门拧开。劳莲疑惑地看着我，问道，你怎么了？她替我把门拧开了。荒凉的卧室有股发霉的味道，正是这种味道让我内心充满酸楚。卧室里的家具也很简单：床、床头柜、衣橱和电视。同客厅一样，电视机下方也摆着一张长方形的电视柜，上面搁着一台陈旧的影碟机，那还是上世纪九十年代的产物。影碟机用一方绛紫色的丝巾罩着，我认出来，这是妈妈的丝巾，有一年的秋天，我看到妈妈围过它。而罩在床上的，又是一条宽大的白被单，显然也是为了护脏。啊，白被单。以前我是多么喜欢白色啊，在我眼里，它是纯洁清澈的象征，而现在，我是如此恐惧它，以致我内心颤栗起来。

接着，我领劳莲母子来到我的房间，它就在爸妈房间隔壁。我房间的摆设除了没有电视外，别的跟爸妈的房间一样。我的床也用东西罩着，不过，不是白被单，而是一条花色床单，这让我心情好受多了。接着，我们又进书房看了看。书房在爸妈和我的卧室对面，客厅左侧，朝北。它还是老样子：北窗下面摆着一张漆成咖啡色的写字台，比一般的写字台大很多。写字台后面是一张笨重的木椅。写字台两侧站着几张比人还高的书柜，它们沿着墙一直延伸到门那儿。

同样是为了抵挡灰尘，写字台、木椅和书柜也都用旧床单罩着。谢天谢地，床单不是白色的，而是像罩着我床的那种床单，是花色的。罩在写字台上的床单高高隆起，我掀开来看，隆起的原因是台灯把床单撑起来了。那是一盏老式工作台灯，灯臂很长，还是爸妈有一次逛书店时买的，那时还没有我呢。我又把罩着木椅的床单拉下来，座位上放着一块厚厚的棉座垫，还是妈妈当年缝制的。它抵御了时间的侵蚀，看上去完好如初。米琪伸手按亮了台灯，光滑的桌面一下洒满了温暖的灯光。我对米琪说，这还是爸爸童年时代的灯光啊。

米琪懵懂地看着我。这么小的孩子当然不会明白这种形而上的问题。写字台上除了台灯，还摊着一本打开的书。我拿起来看，是雨果的《九三年》，无疑是爸爸离家去养老院最后看的一本书。

我把米琪抱到木椅上。我对他说，爸爸像你这么大就趴在写字台上看书了，当然，都是小人书。米琪问我什么叫小人书。我告诉他，就是连环画册。米琪马上理解了，他在加拿大家里也经常看这种书。我拉开其中抽屉，不禁心头一热。抽屉里整整齐齐放着我幼时看过的小人书，而另两个抽屉也是如此。我拿出一本《葫芦娃》给米琪。他如获至宝地接过去，翻看起来。灯光打在他头发上，又从他脑袋上流泻下来。他的身形轮廓像极了童年的我，一时间我误以为米琪就是小时候的我。我的内心柔软得像一块海绵，它吸满了时间，只要轻轻一握，时间就会像水四溢开来。

罩在书柜上的床单被揭开后，劳莲连声惊呼，这么多书啊！书柜里的每个缝隙都塞满了书，书与书挤得紧紧的，劳莲费了好大劲才抽出来一本，是门罗的小说集《逃离》。门罗是劳莲最喜爱的加拿大女作家，她跟门罗还有过交往。她惊喜地说，没想到门罗也来到中国了。我恍惚记得门罗多年前曾访问过中国，我对劳莲说，她早就来过中国了。劳莲摩挲着手里的书，说你知道吗，在这儿看到门罗的书，我一下子踏实了。

我告诉劳莲，这些书是爸妈共有的，他们经常逛书店，每次都要买几本书回来，日积月累，就有了这么多藏书。我还告诉她，从小学一年级开始到高中毕业，书房都被我霸占了。妈妈都是在厨房的餐桌上写作，而爸爸则关在卧室读书。劳莲说，门罗也是在厨房里写作。劳莲又问我，妈妈也是作家吗？我说，妈妈喜欢写诗。劳莲想从书柜里找妈妈写的书。我说，妈妈还没出过书，要是妈妈那年不突然消失，应该有机会出书。劳莲狐疑地问，消失？我说，以后慢慢讲给你听。

我们又参观了厨房。厨房里的锅碗瓢盆都摆放得井井有条，而且都用旧报纸罩着，以防灰尘侵扰。爸爸真是用心良苦啊，他搬去养老院就没打算在那儿久住，他最终还是要回来居住的。然而，还没等到回来，爸爸就坠楼了。

后来，我们来到了阳台上。阳台打扫得干干净净，除了墙边倚着的晾衣杆，半空中拉着的晾衣绳——上面挂满了衣架——以及一张又大又笨拙的食品橱，阳台空空落落的。米琪的目光被放在阳台最里边的收纳橱吸引了，收纳柜是由格子组成的，从上往下有六层格子，每层格子都整整齐齐摆着我小时候玩过的玩具。杂七杂八的玩具令人眼花缭乱，最上面的一层格子清一色摆着各种玩具枪。米琪兴奋地喊着，枪，枪，枪！我愣了一下，米琪欣喜的喊声多像我小时候的回声啊！小时候爸爸带我去逛街，只要看到玩具店里的枪，我都会兴奋地喊叫，枪，枪，枪！

米琪够不到，我替他拿下一把冲锋枪。米琪抱在怀里，嘴里发出一连串"嘟嘟嘟"的射击声，对着阳台外苍翠的草地扣动扳机。我呆住了：米琪抱枪和射击的姿势，以及嘴里模拟的枪声，跟我小时候如出一辙——两个在不同年代、不同国家出生的孩子，相隔很多年后，在同一个地点重叠在了一起。

收纳柜就像一块巨大的磁铁，将米琪紧紧吸住了，他的小脸上显露出贪婪的神情，以致于满脸通红，六神无主。呵，这个孩子完全被欲望统治了。米琪是个很有分寸的孩子，他并没有伸手去拿或搬动那些玩具，而是轻轻抚摸它们。他入迷的样子让你觉得，他对每一件玩具都爱不释手，都想将它占为己有。在加拿大家里，我没有给他买什么玩具，这孩子所有的兴趣都在打游戏上，他已经拥有了两部电脑——台式的和笔记本——和一个随身带的 ipad。此刻，猝不及防出现的各种中国玩具，让他眼花缭乱。我对着收纳柜做了个划拉的手势，对他说，你可以随便拿着玩，这些，全归你了。

米琪高兴得又蹦又跳，谢谢爸爸，谢谢爸爸！我说，你要谢谢你爷爷，当初我想把这些玩具全都处理了，是你爷爷阻拦了我，你爷爷说，玩具是一个人童年时光的浓缩，应该好好保存起来。劳莲说，爸爸可真是一个惜物的人。是的，爸爸是一个对过去的时光充满怀念的人。谁说时光不是"物"呢？

米琪露出了一个瞬间暴富的土财主颐指气使的神气，他指着第二格，以命令的口吻要我帮他把悠悠球拿下来。他问我，这是什么玩具。我告诉他是"YO—YO"。他头一次看到悠悠球，急不可耐地让我玩给他看。我还是上小学时玩过悠悠球的。当时悠悠球是被台湾一个叫郭恒均的人带到上海的，上海很快就掀起了玩悠悠球的热潮，并且一夜间风靡全国。那时，几乎所有男孩子书包里都有一只悠悠球，不会玩悠悠球的孩子被认为是不合群。当时我特别迷恋悠悠球，甚至上课也偷着玩。很多男孩子都是悠悠球高手，而我也是"OG"（老炮儿）。

我的悠悠球还是爸爸给我在学校门口的小店铺买的。有一阵子，爸爸也让我教他玩悠悠球，可是爸爸在这方面太笨了，总也学不会，后来就放弃了。不过他喜欢看我玩，当我在客厅玩的时候，他在一旁都看呆了。现在，我端详着手中蒙满灰尘的悠悠球，有恍如隔世之感。我对米琪说，爸爸好多年没玩了，也许已经忘记了。其实，我怕在米琪面前丢丑。

劳莲鼓励我，试试呗，有些技艺是一辈子忘不了的。米琪不停地催促，爸爸快点，爸爸快点！我们返回客厅。我拉开架势，不停地摩挲着悠悠球的绳子。当年玩悠悠球的感觉已经滞留在几十年的深处了，我仿佛要用悠悠球的绳子，将它拉回来。劳莲微笑地注视着我，而米琪急得眼睛快要冒火了。

片刻之后，悠悠球像时间的钟摆在我手中晃荡起来，我看到多年前那个玩悠悠球的少年高手正从远处缓缓走来。在米琪屏气凝神的盯视中，悠悠球动如脱兔，从我手中蹦出，在空中大幅度划了个弧线，又骤然回到我手上，营造出一种有惊无险的气氛。紧接着，悠悠球又如脱鞘之剑，斜刺里劈开去，射向站在一旁的米琪。米琪本能地躲闪，悠悠球又倏地回弹过来，在半空中抖动了一下。

我蓦然想起来了，我是在玩"蚂蚁上树"。让我惊奇的是，不是我在玩，而是多年前的那个少年在玩，他借助我的手，还原了多年前发生在客厅的场景。我依稀记得，当年，那个少年在玩这个招式时，站在旁边的父亲误以为会被击中，也露出跟米琪毫无二致的讶异神情。我不由自主地发出沉重的叹息声，但劳莲和米琪不会听到，他们完全被出神入化的表演吸引住了。

那个少年岂愿放过大显身手的机会，他借助我的手，一口气表演了"抛砖引玉""无敌风车""疯狂摇篮""遛狗""巴黎铁塔""天外银龙 19 弹"等各种技术。那天的客厅被三种飞扬的声音占据了：悠悠球制造的呼呼声、劳莲母子的喝采声和鼓掌声。后来劳莲对我说，你玩悠悠球时根本看不到你了，或者说，你跟悠悠球融为一体了，太精采了，你都能去好莱坞演出了。要是我告诉她，那不是我玩的，是多年前那个少年玩的。那个少年从未远去，他一直盘踞在我身体内，她会理解吗？

最迷乱的是米琪，他连声表场我，爸爸，你太棒了！他央求我教他，还不停地问他爸爸，我能学会吗？我能玩得跟你一样好吗？我毫不犹豫地给予了肯定回答，我说等回到加拿大我再教你，你肯定会超过爸爸。但米琪缠着我，当场就要学。劳莲哄着他，我们以后再学，现在爸爸还有很多事要处理。米琪不管不顾，吵着闹着，而且咧着嘴，眼泪都快下来了。我忽然瞥见搁在墙角的三轮童车，它用塑料纸包裹得严严实实。我跑过去，米琪也跟过来。

　　我不知道三轮童车是爸爸买的，还是妈妈买的，反正有一天它出现在家里了。那时我已经会走路了，我跨上三轮童车，胡乱地蹬两脚，三轮童车就行驶起来，我兴奋得大喊大叫。我的车技越来越娴熟，三轮童车在客厅里行走如飞。常常，爸爸在做事，我就骑着三轮童车悄无声息地过去了，把爸爸吓了一跳。那时，我就骑在三轮童车上吃饭，我把嘴伸到妈妈递过来的匙子上吃一口，就飞快地蹬起车子，转了一圈又回来吃上一口，又蹬起了车子。妈妈说，这孩子蹬得像哪吒的风火轮那样风生水起。多少年过去了，妈妈的这话犹言在耳。

　　加拿大好像没有三轮童车，所以对米琪来说，三轮童车又是个新鲜玩意儿。它让他暂时忘记了悠悠球。我拆开塑料纸，我发现三轮童车洁净如初。我做了个愚蠢的动作：我像当年那样跨进去，却一下子被卡住了，动弹不得。劳莲见状哈哈大笑。我对她说，有时就是这样，卡在时间里出不来了。米琪早就按捺不住了，让我来，让我来！他一抬脚跨了进去，无师自通地蹬起来，车子流畅地跑起来。

　　米琪很聪明，没有人教他，他就知道对角线能最大限度利用客厅的面积。在接下来的时间里，他总是从客厅的这个角骑到对面的那个角。这让我惊讶万分。当年，也没人教我，我也是骑对角线。不知谁说过，历史总会上演相似的一幕。宛如电影里的淡化镜头，骑三轮童车的米琪的身影，逐渐由明亮变得黯淡，模糊不清，趋于消失，而实际上它在暗中与另一个身影交接。那个被交接的身影原先也是模糊的，但瞬间却明亮起来，就像被打上了追光灯。这个明亮的身影就是当年的我，一个刚会走路不久的孩子。然而，当我定睛细看时，这个孩子又变成了米琪。我知道，我迷失了——迷失在不断变幻的时间里。

十一

尽管我忌惮这张床，但我还是在它上面睡着了——我别无选择。

我梦到了庆生，他带着老婆孩子从加拿大回来看我了。我和书妍跑到院子外面迎候（书妍不是消失了吗？她是什么时候回来的？）。庆生把车子开到院子门口，却怎么也打不开车门，急得满脸通红，大声说着什么，可我无法听到。我问书妍，你能听到吗？我突然发现，站在我身边的不是书妍，而是一个面目模糊不清的人。此人并没有回答我的问题，而是发出"哎哟，哎哟"的痛苦叫声，不停地说，痛死我了，痛死我了。我问他，你哪儿痛？他怨恨地说，是你把我压痛了，你快走开！我说，你不是跟我一起站着吗？我怎么压着你了？

此人说，我是跟你站在一起，但我们的身体是与地面平行的，而非与地面垂直。与地面平行，不就是躺着吗？可我明明站着，你怎么说躺着呢？此人说，我们这边，跟你们那边是反着的。你们那边是站着的，我们这边就是躺着的。我们这边是躺着的，你们那边就是站着的。

我们这边，你们那边……我细细咂摸此人的话，不禁骇然心惊。按理，我应该惊醒过来，但我并没如此。有时候，一个人在做梦，他自己是知晓的，并且很配合地扮演着梦中的角色。梦延续或中断，会听凭梦的暗示。我不让自己醒过来，是因为对接下来会发生什么，充满了好奇，就好比是等待揭开谜底。

你把我压痛了！此人又重复了一句，语气很是不满。我突然想，莫非我是躺在他身上？我这样问时，此人给予了肯定回答，我快被你压死了！这时，我还不打算让自己醒来，我非常想知道结局是什么。我问他，你是女人吗？此人反问道，你问这个干嘛？我俏皮地说，如果你是女人，我肯定会压在你身上，但从声音判断，你是个男人，所以我根本不会压在你身上。此人并没有接我话茬，只问我现在在哪儿。我说，我在家门口迎候儿子。此人道，你说错了，你现在正躺在养老院的床上。我笑了起来，简直是天方夜谭，我正站在我家院子门口呢。此人发誓说，相信我，从你住进养老院的那刻起，我就在俯视你，你的一举一动我都看在眼里。

好吧，就算我现在躺在养老院的床上，我也没压在你身上啊。你不是说在俯视我吗，那我怎么会压在你身上呢？此人说，在你来养老院之前，这张床上我睡过。我在这张床上缠绵了两年才离开人世。实际上，我的身体已经留在了这张床上，你躺在上面就是压在我身上。俯视你的是我的灵魂，并非我的身体。

梦做到这里，我仍然克制着不让自己醒来。

我想知道，接下来还会发生什么。其实我并不相信此人说的话，太玄乎了，我明明躺在床上，怎么可能压在他身上呢？可是他哎唷哎唷的叫唤声又不像是装出来的。它如此清晰，犹在耳边。我看到梦中的我爬了起来，哎唷哎唷的叫唤声减弱了许多。当我下床后，叫唤声完全消失了。我听到此人舒了口气，道了声谢谢。接着，此人又说，为了证明我所言不虚，你快看看床上吧。

床上有什么看呢，床上什么也没有啊。此人说，你把日光灯打开吧，这样你就能看到了。我按亮了日光灯，我看到床上有一道又深又长的凹痕。看到了吗？此人说，这就是我身体的轮廓。

我吓了一跳。他说得没错，那确实是一个人体的轮廓。从上往下，依次是肩和背，两者构成了字母"T"。再往下，有个很深的凹痕，呈椭圆形。这个椭圆形的凹痕与 T 之间的凹痕却很浅，几乎看不出。那个很深的椭圆形凹痕，应该是搁臀部的地方，而那很浅的部分应该是腰的位置。再往下，又是两个拳头般大的凹痕，它们处于同一个位置，却稍分开些，与椭圆形的凹痕有一段比较长的距离。这段距离的凹痕也很浅，几乎看不出。很显然，那两个拳头般大的凹痕是放脚（后跟）的地方，而那段比较长的凹痕，是搁两条腿的地方。

可是我并不服气。此人凭什么说这是他身体的轮廓呢？我也可以留下啊，任何人，只要他往这张床上躺会儿就会留下。此人哼了声，说你若不信，就再躺到床上去，看看你的身体是不是跟这个轮廓吻合。这倒是个不错的主意，于是，我又躺到床上。我试着将身体的各个部位都摆放到凹痕里去。我发现，我的腿短了一截，我的脚后跟根本够不到那两个拳头大的凹痕，由此我得出两个结论，一，这个身体轮廓确实不是我留下的；二，这个人身形颀长。

怎么样，没骗你吧？此人一边哼哼着，一边得意地说。方才，他的声音就在我耳边，现在我觉得它好像来自于我头顶，又仿佛是从墙角那儿传来的。我问，你在哪儿？不要问我在哪儿，你快下去吧，我快要被你压死了。我赶紧下床。自然，这人不再因为疼痛而哼哼了，也不再说话了，房间里静得可怕。至此，我应该让自己醒来了。我已经清楚了事情的整个过程，没必要再让梦继续下去。但是，有个问题还没解决：这张单人床其实并不是一张床，而是这人的身体。我躺在这张床上，就是躺在这人的身体上，这会压痛了他。我应该远离这张床，离开这个房间。那么，我该睡在哪儿？哪儿才是我的安身之处？所以，事情还没结束，梦还必须接着做下去。

我看到我出现在走廊上。午夜的走廊就像幽暗的隧道，阴暗，静谧，凄清。我像个贼似的，贴着墙根，蹑手蹑脚朝北（电梯口）走去。我听不到自己的脚步声，无论怎样用力，始终发不出一点声音。放在墙根的一只白瓷痰盂，被我踢得像足球那样飞起来，划了道弧线，又陡然掉落下来。我以为会发出哐啷一声响，可是它掉下来时却了无声息，像是掉在棉花上。

这时，我来到电梯口，对面就是朱股长的房间，里面还亮着灯。我往门上的小窗户里看了一眼，朱股长正奄奄一息歪在床上，嘴角不断翕动着，显然在打呼。可是我怎么听不到他的呼噜声呢？也许，在梦里是听不到一点声响的，可是刚才在房间里，我怎么能听到那个人的说话声呢？难道我刚才不在梦里，现在却在梦里吗？

也许，朱股长并没有打呼，他的呼噜声是我虚构出来的，然而，我的脚怎么发不出声音呢？也许我并没有在走廊里行走，我还待在我的房间里。这时，电梯门开了，走出来一个人。他的脸被一块白布严严实实包着。这是个高身量的人，腰板挺得笔直。这个人从电梯出来后，就径直朝我走来，看上去就像是一块白布朝我走来。我像被施了定身法，根本挪不开步。

这个人走到我跟前，说，我在这儿等你好久了，你压痛了我，不能就这么一走了之。我问他，你想怎样？他说，我要把你带走，带到那边去。我问，那边？那边是哪儿？他不怀好意地笑了笑，到了你就知道了。

我说，那你带我走吧，不过，在你带走我之前，你要告诉我，我现在是在梦里，还是在现实中？他说，干嘛问这个？我说，我能听到你的声音，却听不到朱股长的打呼声，据说，在梦里是听不到声音的。这个人说，在梦里是能听到声音的，但在那边听不到声音。我说，我刚才听不到朱股长的打呼声，是不是我去了那边，朱股长也去了那边？他说，你说得没错，所有的老人都会不经意间去一下那边。有的去了还能回来，有的去了就留在那边了，这主要看各人的寿命到没到期限。我拔脚想溜，被他看破，一把抓住了我。我终于醒了，大汗淋漓，心跳如雷。

十二

　　我和劳莲花了一整天时间打扫屋子，把所有地方都擦拭了，床单、被套、沙发套都洗了，我们还做了个违拗爸爸意志的举动：将衣橱里所有爸爸的衣物都处理掉了。爸爸的那些衣物都整整齐齐地挂在挂衣架上，这让我更加确信爸爸还是打算从养老院搬回来居住的。从衣橱的角落里，我们发现了几件妈妈的内衣，这显然是爸爸珍藏着的。我打算将它们跟爸爸的衣物一并处理掉——过去的一切再没有比让它随风而逝更合适的。没想到劳莲喜欢上了这些漂亮的丝质内衣，她拿着往身上比划着，想留下来穿。我说，穿逝者的衣服是不吉利的。但劳莲不明白不吉利的含义，在另一种文化环境长大的她，从来就没听到有这一说。

　　本来没必要打扫屋子，我们早就在网上预订了返程机票，时间是一周后。我们完全可以住在酒店里度过这一周。期间，我要完成一件大事，即把房子卖掉。爸爸同意入住养老院——在我不断地劝说下——后，我就强烈建议把房子卖掉。既搬进了养老院，房子就没必要留着了。我还有个隐秘的想法：把房子卖掉，爸爸就能逼迫自己尽快适应养老院的生活，并且死心塌地地待在那儿。这也是一种置死地而后生吧。爸爸同意了，而且发微信告诉我，为了卖个好价钱，他不停地在几家中介公司之间奔走。可是，到最后时刻，爸爸却突然改变了主意。他在电话里并没有作过多的解释，只是说舍不得卖，把它留着，我回来也有个落脚的地方。现在我明白，这并非爸爸的真话。爸爸没卖房子，其实是给自己留了条后路。爸爸之所以没对我说真话，是怕我埋怨他三心二意。

我跟劳莲商量，这一周是在酒店还是回家住。劳莲想也没想就说当然回家住啦，这样，我们才开始打扫房子。就在我们回家住的第二天，劳莲宣布了一个重大决定：不回加拿大了，永远留在掘城。劳莲就是这样，看上去温顺柔软，但骨子里却坚硬霸道。她不像我，无论大事小情都跟她商量，她太自我了，遇事好自作主张，一旦宣布就不可更改。我一直对她很宽容，但我的宽容其实是纵容，是"助纣为虐"，她从未因此而感激我。

我做梦也没想到，使她做出这个决定的，竟然是虾籽烧饼。

先来说说我们回家住的那天晚上。我想领劳莲母子去外面饭馆吃海鲜，但又极想在家熬粥，我已经很久很久没吃到粥了，现在回到家了，米粥的意象紧紧攫住了我。但是劳莲母子吃得来吗？粥对他们来说简直就是天方夜谭。我可不想委屈了他们。我举棋不定地跟劳莲商量。劳莲是那种永远被新鲜事物所吸引的人，要是她早生很多年，肯定会成为"第一个吃螃蟹的人"。

在英语里是没有"粥"这个词汇的，我连说带比划，好不容易让她明白了个大概。她斩钉截铁地做了个"do"的手势。从酒店搬回来后，米琪一直缠着我，让我教他玩悠悠球。小家伙对悠悠球入迷的程度不亚于当年的我。我让他先玩三轮童车，我得去路口的百家惠超市买米。还要买些袋装冲泡咖啡。劳莲离开咖啡，一天也活不了。米琪一会半刻不会对三轮童车失去兴趣，所以他听话地在客厅里按对角线骑起来。劳莲也不闲着，站在一旁用手机给米琪拍视频。自从米琪降生后，劳莲就成了孩子的贴身摄影师，用镜头记录下米琪玩耍的每一个瞬间，她的那只大容量的移动硬盘，都快装满了。

米买回来后，我就着手熬粥。同时给劳莲冲了杯咖啡。不知为什么，时至今日小区还没通管道煤气，兴亏煤气罐里还有煤气。劳莲兴味盎然地让我教她熬粥，从淘米开始，我手把手教她。用英语讲解中国传统的烹饪技艺是很困难的，我费了好大的劲才让她明白，当粥锅烧开后，一定要拧小火，慢慢熬。在粥锅烧开前，我去了一趟卫生间。劳莲虔诚地守在煤气灶旁。我再三嘱咐，粥锅烧开一定要拧小火，可是她还是忘了。我听到厨房聚然响起的"嗞嗞"声，赶紧提着裤子跑过去，粥锅潽得一塌糊涂，灶头也被浇灭了。劳莲闯了大祸似的一脸恐惧地看着我。我安慰了她，往粥锅里添了水，灶头也起死回生了，一切从头开始。吃一堑长一智，这次劳莲还没等到粥锅烧开就把火拧小了。我告诉她，要学会中国传统烹饪技巧，关键是要掌握火候。掌握了火候，就等于掌握了中国传统烹饪的灵魂。劳莲问我，一定很复杂吧？我用汉语回答：难者不会，会者不难。

粥熬得很粘稠，米香四溢，十分诱人，劳莲和米琪都喜爱至极，盛了一碗又一碗，一锅粥很快就被瓜分了。尽管他们吃撑了，但还是意犹未尽。劳莲和米琪都不会用筷子，这当然很正常。我让他们用调羹，但劳莲不服气，一个劲地让我教她。筷子看似简单，但劳莲尝试了好几次还是败下阵来，不服输的劳莲表示，不学会使用筷子誓不为人！

我从超市还买回了扬州的三和四美小菜。我告诉劳莲和米琪，中国人吃饭都要就小菜，道理跟吃面包要蘸黄油或果酱一个样。劳莲知道中国的一些大城市，比如北京、上海、广州，但她从未听说过扬州。我告诉她，扬州离掘城不远，开车去不用三小时。我对她说，扬州是中国久负盛名的古城，有太多的小吃。中国的乾隆皇帝当年去扬州，很大部分是冲着扬州的小吃去的。劳莲是个贪恋美味的女人，马上说，我也要去扬州。我想，对扬州的向往也是她决定留在中国的一个原因吧。

晚上，我们在小区里遛达。两幢住宅楼之间都有一条狭窄的道路，道路两侧则是绿化带，但绿化带都被居住者做了菜地，种着夏天的菜蔬——丝瓜、西红柿、茄子、黄瓜、青菜、菜椒、冬瓜、菜豆。劳莲很好奇，因为在加拿大庄稼都是生长在农场。她用憧憬的口吻对我说，要是我能住在这儿多好啊，我可以在院子里种菜，那种生活太有意思啦。后来我想，这肯定是她决定留下来的另一个理由。

我们沿着道路信马由缰。那时已经 8 点了，路上鲜有人影，人们都在家里看电视，很多窗户里都传出同一个电视剧的声音。虽然好多年没回来了，但小区给我的印象是没有什么变化，一切如旧，甚至路灯射出的也是多年前昏黄的灯光。当我们来到一个拐角处时，我仿佛听到了一声热切的呼唤，那是安装在不远处甬道边的太空漫步机发出来的。我怔了一下，快步跑过去。

这也是我童年玩过的东西，它身上留下了被时间侵蚀的痕迹——油漆剥落了，有的部位生了锈，但还是坚固如初。我踏上去，拉开步幅，晃荡起来。我惊讶地发现，尽管好多年没玩了，尽管我已经人到中年，正朝衰老滑落，但我却还能拉出跨度很大的步幅。随着我身体激烈的摇晃，老旧的太空漫步机发出嘎嘎的声响。

爸爸，我也要玩！米琪喊着跑过来。米琪虽是头一次玩，但他踏上紧挨着的另一台，模仿我晃悠起来，很快就进入了角色，跨度甚至超过了我，俨然成了一名老手。劳莲也跃跃欲试，我把我那台让出来给她玩。她一边晃荡，一边发出"哦哦"的惊叹声。她笑着问我，庆生，你看我像不像个孩子？我说，你本来就是个长不大的孩子。我的回答让她很满意，她嘀嘀嘀地笑个不停，晃荡的跨度越来越大，并且还晃出了韵律感。

我在一旁看着，思绪一下回到了童年。我想起我刚上小学那阵，晚上做完作业就出来玩一下太空漫步机。小区里安装了很多健身器材，但不集中，这儿装一个划船器或是平衡木，那儿安一个伸背器或跷跷板，要玩完这些东西，就得跑完整个小区。开始，爸爸不让我晚上出来，但最后还是没拗过我，只好同意了。他不放心，每次都陪着我。我最喜欢玩太空漫步机。我玩的时候，爸爸就在另一台上玩。爸爸总是拉不开步幅，勉强拉到100度，而我却到拉到160度开外。爸爸害怕得要命，要我跨小点。我让他别怕，不会有事的。太空漫步机在我脚下成了"动态劈叉器"。爸爸看得提心吊胆，手心里捏着把汗。我却得意洋洋，格格的笑声在星光下飘洒。

跟悠悠球和三轮童车相比，米琪更喜欢玩太空漫步机，这符合男孩子喜欢惊险刺激的天性。第二天晚上，我在房间阅读爸爸的《养老院手记》，劳莲在院子里给花草浇水——我们在范堤路花卉市场买了几盆兰花，米琪不停地在客厅和我房间走来走去，欲言又止，一副魂不守舍的样子。我问他怎么了。他小声地问我，能去玩昨天晚上玩过的东西吗？

我把他抱起来，拥进我的怀抱，喃喃自语，难道爸爸的童年真的在你身上复活了吗？米琪不明白我在说什么。我多想告诉他，我那时想晚上下楼去玩太空漫步机，又担心爸爸不让我去，我就在爸爸身边磨磨蹭蹭，那种不停地与欲望争斗所表现出的神态、表情、步履，跟米琪的多么相似啊。我就像爸爸当年那样，痛快地说，那就去玩呗。我叫上劳莲，我们一起下楼。米琪就像当年的我拉着爸爸那样一溜小跑，来到太空漫步机跟前。劳莲追过来，酸溜溜地说，儿子还是跟你亲啊。我抱歉般地吻了她一下。

那天晚上，米琪玩完了太空漫步机，不想回家，又找到了平衡木。它除了锈迹斑斑外，还是以前的老样子。我站上去撑不了两秒钟就摇摇晃晃掉下来了。不甘心，再踩上去，没等到站直，又斜着身子栽下来。后来又试了几次，屡试屡败。每次我都想撑到最后，但我好像永远没有撑的机会，永远都是功亏一篑。我是多么感慨啊，因为我不经意间重复了爸爸当年的动作——多年前的那些夜晚，爸爸陪我玩平衡木，也是屡次败下阵来。我被"复活"震慑住了。我是多么喜欢这个词语啊。让我始料未及的是，在接下来的日子里，它频频出现在我生活里。

爸爸，看我的！米琪自信满满地说。我想起来了，我当年也曾对爸爸如此说过。米琪轻盈地跳上去，如鱼得水般在平衡木上来来回回地跑来跑去，不仅能朝前走，还能往后退。我在一旁看呆了，固然是米琪天生的平衡性让我惊讶，而更多的是感叹米琪与童年的我合二为一了。他重现了我当年玩平衡木的动作，而且是严丝合缝。这是造物神秘的力量，还是完全是巧合？

玩完了平衡木，米琪又找到了跷跷板。啊，历史真的有惊人的相似之处，当年的我不也是这样吗？玩完了平衡木，又去玩跷跷板。由于跷跷板需要两个人一起玩，劳莲童心大发，非要尝试一下不可。我就在一旁看他俩玩。玩这个游戏，最好是两个人体重相当，不能有太大的差异，这样才有意思，可是劳莲是大人，体重远远超过米琪，所以米琪只好沮丧地停留在空中了，就像当年爸爸和我玩时我只能停留在空中那样。我那时还不甘心呢，把吃奶的劲都使出来了，爸爸仍纹丝不动，一点也没有被撬动的迹象，我急得都快哭了，而爸爸却哈哈大笑。当我神思恍惚回想多年前的场景时，劳莲的笑声一下把我拉了回来。我简直不敢相信自己的眼睛了！米琪也像当年的我那样拼命折腾，想把妈妈弄到空中去，但一切都是徒劳，米琪咧开嘴想哭了。

现在让我来说说虾籽烧饼。回家住的第二天早上，我去烟墩桥菜场买菜，以便中午教劳莲做中国菜肴。劳莲想跟我去，但米琪还没醒，倒时差的问题似乎对孩子不存在。劳莲的意思是让米琪在家里睡，我们两个人去。我不放心，叫醒了米琪。小家伙虽然还想睡，但一听说出去玩，立马从床上跳了下来。

我们往西走，出了路口——人们习惯将这路口称为滨东路口——

就是范堤路。范堤路是一条呈L形的马路，滨东路口就位于L的拐弯处。从这儿往北半里路就是油米厂桥，而向西南就是海子牛雕塑，它是掘城的地标之一。过油米厂桥左拐，就是烟墩桥菜场，所以我领着劳莲母子出了滨东路口后，沿人行道朝北走。

走不了几步就是加油站。我小时候就有这个加油站，而商校浴室也存在着，它位于滨东路口与加油站之间，还是那扇又宽又高的铁门，门上面焊着四个大字：商校浴室。连字都没变，还是当年的隶书，当然，到了晚上就会放射出五颜六色的光来。在我整个童年，爸爸都带我来此洗澡，在回加拿大前，我一定要带米琪来洗一次。我知道我是在刻意为之。自打米琪玩悠悠球、骑三轮童车、玩太空漫步机开始，我的脑海里就不停地跳动着"重现的时光"字样。如果说，在此之前，昔日的时光是不自觉地重现的，那么从现在起，我要有意识地让它再现。我想尝试与强大的时间抗衡——谁说时光让一切一去不返？我要让一切都回来。随着时光的重现，爸爸也会从遥远的尽头一步步回到我身边。这虽然有点可笑，但我还是想试试。

我们刚从家里出来，就受到路人的注目，甚至有失礼貌地驻足盯着劳莲母子看。显然，人们对小区一夜之间冒出的老外无比诧异，一如馄饨店的那些食客。有些人竟一直跟着我们来到滨东路口。我想，人们关注我们，并不完全是对洋人好奇，被劳莲的美貌所吸引也是一个重要原因。后来我听掘城人说，劳莲长得太像利智了，很多人甚至认为利智在掘城现身了。也有人提出质疑，利智是1961生人，已经是老太了。但这种质疑很快就淹没在人们对劳莲与利智酷似的惊异中了。

我们从滨东路口一路往北走时，劳莲不停地东嗅嗅西嗅嗅，问我，什么东西这么香啊。我也迎风闻了闻，啊，原来是虾籽烧饼的味道，风把它从远处飘过来了。我对劳莲说，我不是告诉过你吗，掘城有一种传统小吃，形状像极了披萨，但比披萨好吃多了。劳莲想了想，嚷道，虾籽烧饼？ OK ！我朝她举起大拇指。劳莲欣喜万分，啊，没想到这么快就能吃到虾籽烧饼了。我顺口说，"没想到"的另一个说法是"无常"。劳莲云里雾里地问，你说什么？我道，没什么。要不是虾籽烧饼的味道越来越浓郁，按照她打破砂锅问到底的性格，会不依不饶地缠住我。这个吃货完全被虾籽烧饼的香味迷醉了，她拍着手，用舒伯特小夜曲的调子唱起来，虾籽烧饼，啊，虾籽烧饼！米琪也唱起来，不过他用的是意大利咏叹调：我也要吃！

我们离虾籽烧饼店越来越近了，就在油米厂桥下。它原来在老街，后来搬到此处，算来有 20 多年了。而追溯到它当初在老街开张，怎么说也有四五十年了吧。据说掘城的虾籽烧饼光绪年间就有了，将它说成是非物质文化遗产，也不为过。当我们来到虾籽烧饼店门口时，围观我们的人把马路都挤得水泄不通了。

它还是老样子：两间门面，一间安着烧饼炉，靠墙支着一溜案板。一个打着赤膊、腰上束着粗布围裙的中年人正在往烧饼炉里贴烧饼，间或用膀子拂去脸上的汗。案板跟前，三四个妇女正忙着做烧饼。另一间门面相当于店堂，坐满了食客。内中有个老者看上去面熟，他头发几乎掉光了，老态龙钟，边用没牙的嘴咀嚼烧饼，边喝着豆腐脑儿。我终于想起来了，这老者就是当年的宋老板，他做烧饼也是打着赤膊，腰间扎一条粗布围裙。每次爸爸带我来吃烧饼，他都热情招呼我们。我大声叫他宋老板，他毫无反应，置若罔闻地埋头喝豆腐脑，倒是那位做烧饼的师傅应了声，说里头坐，里头坐。我终于想起来了，当年我和爸爸来吃烧饭，时常看到一个孩子跟狗玩。有一次，他把几块砖头压在狗肚子上，狗发出那种永世不得翻身的哀鸣。那孩子继承父亲衣钵，如今成了烧饼店老板了。

那些食客一看到我们，全都站了起来，烧饼店一下乱哄哄的。

劳莲落落大方地抱着拳，用标准的汉语说，大家好，大家好！她抱拳的动作还是从中国京剧里学来的。马路上来往的汽车不停地按喇叭，有两个交警跑过来，疏散看热闹的人。店堂里也渐渐安静下来，但那些食客还是不时瞅我们一眼。已经座无虚席，但有人主动让出了三个座位。我问做烧饼的小宋老板，现在还定做吗？当年爸爸带我来吃烧饼，都要让他们定做。定做的烧饼比普通烧饼贵，虾籽和猪油要多得多，做工也更精致，当然也更好吃。

小宋老板端来一叠定做的烧饼，还送来三碗热气腾腾的豆腐脑，说是请我们的。还是有不少人络绎不绝跑来看外国人，里三层外三层地围着我们。在大庭广众之下，劳莲旁若无人地品尝烧饼。掘城人都是用手拿着吃烧饼，但劳莲是个爱干净的人，她用筷子熟练地夹着，这令围观的人啧啧称奇，议论声一片。小宋老板给我们定做的烧饼下料很足，劳莲咬了第一口，还未冷却的猪油就冒出来了，顺着烧饼表面往下淌，油香顿时四溢开来。劳莲用英语对我说，亲爱的，你说得没错，确实比披萨好吃啊。

以前我听爸爸说，他尝过几家烧饼店的烧饼，吃来吃去还是宋家的好。烧饼好不好吃，最关键的是火候，是烘的功夫，要把烧饼肚子烘出来，里面的芯子要出来，透出酥油（猪油），这样烧饼才香味扑鼻。开烧饼店很辛苦，凌晨三点就要起床，烫酵，着炉子，打豆浆，配料，插酥，做烧饼，给烧饼刷油，撒芝麻。最后，将两只烧饼坯相对合，托于手掌，一一贴于炉壁上。而在做这些的过程中，你感觉不到时间的流动，但你又发现时间无处不在，它一直氤氲在烧饼香气的升腾中。我还记得爸爸说过，时间被你一口一口咬进去了，你从里到外都浸淫在时间之中。

劳莲看了眼围着她的人，问小宋老板，要是我天天来吃烧饼，你的生意会不会特别好？劳莲地道的汉语让人们进一步吃惊，店堂里反倒一片寂静。我以为劳莲戏谑一下宋老板而已，谁料她那一刻打定主意要跟宋老板学艺呢？后来她告诉我，一迈进烧饼店，她就萌生了在掘城开烧饼店的念头。一个人突然决定要做一件事，有时会找不出任何理由。如果非要做出解释不可，那只能说是上帝的旨意。但我想，她走进烧饼店时，那种温暖的烟火景象一下子让她心醉神迷。学会一门古老手艺——它是被从时间深处打捞上来的——对她产生了多大的诱惑啊，而看着那么多食客享用她的劳动果实，内心又有多大的满足！其实，劳莲一直想在加拿大开披萨店，现在她把这个梦想从加拿大搬到掘城来实现。

小宋老板开玩笑地说，你还是别来了，你要是来学艺，我这个店还不被来瞟你的人挤破了？

十三

惊醒后我慌忙打开灯。日光灯刺得我眼睛生疼。我仿佛能听到灯光的刀片噔噔飞舞的声音。

我看了看手机上的时间，凌晨两点。这是逃离的最佳时间，整个养老院一片静谧，没有巡夜的人，虽然有摄像头，但这个点儿无异形同虚设。我拖着行李箱在走廊上走了几步，轮子发出的喀喀声，在寂寥的夜间听来是那样惊心动魄。我只好把它拎起来。走廊两侧的房间，残花败柳般的鼾声此起彼伏。我也听到自己紧张沉重的喘息。我有种越狱的感觉，它让我防备被突然伸出来的一只手逮住。

所幸，我一直走到最北端的电梯口，没碰到一个人。我瞅了瞅朱股长的房间，不知为什么，门上的小窗户被一张白纸糊起来了，令我想起电影结束后的空白银幕。我摁了电梯的按钮，电梯门突然悄无声息打开，吓了我一跳。我一跨进去，它就哐当关上门，轰隆轰隆朝地面坠落。我得救般长喘了口气。

我穿过空无一人的底楼大厅，朝玻璃门走去。还没走到近前，它就刷地张开了。我走出玻璃门，来到台阶上。从台阶到大门口之间的小广场上灯火如昼，这有助于我看清不锈钢电动门有没有关死。谢天谢地，不锈钢电动门并没有完全关上，而是露出两尺宽的口子，好像是特地为我留的。我一阵窃喜。

现在，只要越过从台阶到不锈钢电动门这段距离，我就能通过那口子逃之夭夭，成为自由之人了。只要过了口子，我就可以拖着行李箱放心大胆行走，而不用担心有人听到了。我将从大门右拐，沿着那条河边小道往北走，一直走到南环路——对面就是天一批发市场——再右拐往东，然后朝北。走到一个十字路口。我太熟悉这个十字路口了，即使闭上眼，也能从这个路口左拐踏上掘中路，沿着水泥路朝西，走到一个路口时右拐往北，从甬道进入滨东小区，最后走到我家院子门前。好了，总算到家了。以后我再也不搬进养老院了。我一步也不离开家，我要终老在家里，我要在家里等着书妍归来。

我举目四望，小广场上除了几株树、几个花坛、一些长椅，一个人影都没有。我已经拎不动行李箱了，可是拎不动也要拎，拖着走太危险了，如果惊动了谁——概率为百分之百——我实施的逃跑计划就会瞬间化为泡影。尽管我像个四肢残缺的人那样蹒跚而行，甚至打着趔趄，但好歹没让行李箱着地。眼看着我就要来到那口子了，这时，我感到了一丝不安：到目前为止，我的行动太顺利了，一点障碍都未碰到。太顺利可不是什么好兆头。也许我在杞人忧天，口子已经近在咫尺，还有什么可担心的呢？我要做的，就是一步穿过口子，永远告别养老院。

事实上，我已经来到了口子跟前。就在我万分庆幸的时候，突然传来一声"你要去哪里"，声音严厉而冷酷。我听出来了，是陆继昌。我大吃一惊，只见陆继昌站在口子外面，狡黠地注视着我。

我哑口无言，不知说什么好。要是没有行李箱，我可以搪塞一下，唔，睡不着，出来溜达溜达。然而，行李箱在手，不啻是证据，一切都已昭然若揭。复杂的情绪裹挟了我，我有点羞愧，有点沮丧，有点不甘，但更多的是绝望。

陆继昌从那口子走进来，不锈钢自动门呼地一下关上了，关得严丝合缝。走吧，我送你回房间，陆继昌从我手中抓过行李箱，拖在地上朝玻璃门走去。行李箱轮子发出的笃笃声，像是在嘲弄奚落我。

我垂头丧气地跟在他后面。我不明白，陆继昌为什么不在走廊里堵住我，而在口子外面堵住我呢？只有一个解释，即他要让我把逃跑的全过程完全呈现在监控里。这个证据比行李箱有力多了。那么，目的何在，要挟我？威胁我？

十四

其实，收劳莲这个徒弟，小宋老板是求之不得的。事情明摆着，掘城的烧饼行业自古以来还没有收洋人为徒的，小宋老板开了先河，这不仅让他虚荣心得到了满足，更重要的是他会声名远播。做生意的哪个不巴望自己名满天下呢？其次，一旦劳莲去虾籽烧饼店学艺了，去看她的人肯定会趋之若鹜，烧饼店的生意自然会水涨船高，"店堂被挤破"绝不是一句虚言，营业额将会随之直线上升。对老板来说，这才是最重要的。

劳莲很隆重地告诉我她的决定时，我脑子里一片空白。这太荒唐了，完全超出了我的想象。要是她真的在掘城开一家烧饼店，我们的人生将会逆转，我们下半辈子将会成为掘城的市民。我好半天没吭声。劳莲问我怎么不说话。我说我在积聚心理准备呢。对我行我素惯了的劳莲来说，我表不表态，根本不重要。她告诉我，仅仅是出于一种尊重。她知道我宠爱她，宽容她，说到底，是我惯坏了她。最后我答应了她——不答应她又能怎样呢——这至少在情感上安慰了我，因为留在掘城我可以永远陪伴爸爸妈妈了。

爸爸"头七"那天，我们把爸爸的骨灰盒送往西郊公墓安葬。在这之前，爸爸的骨灰盒就供奉在家里，我们每天为爸爸焚香叩头。有邻人建议，"头七"那天应该请僧人来家为亡者诵经超度，但我知道爸爸不喜欢这种庸俗的佛事。我没有去国清寺延请和尚，而是给爸爸播放了他以前一直常听的《安魂曲》。在去公墓的路上，这首曲子一直没有停过。

我从未去过西郊公墓，当出租车把我们带到那儿时，我发现墓地辽阔得可怕，林立的墓碑如一片无边海洋，松涛声从墓区上空拂过，阴沉瘆人。现在并非祭祀时节，墓地空旷岑寂，间或有野生动物从墓碑间一闪而过。远处，一群戴着安全帽的工人在施工。出租车司机告诉我，墓地还在扩建，用不了多久，更多的区域将会被吞噬。想想也不奇怪，生与死是相辅相成的，产房里有多少婴啼，墓地里就有多少哭丧。出租车司机还说，现在墓位就像房产一天天涨价，而且没有现成的，要事先预订。

　　我倒吸一口凉气，原来我还以为有现成的买呢。去接待处打听，工作人员说，墓位早卖光了，现在很多人在等五期的，估计要到明年才能建成。我一听急坏了，我不能让爸爸等到明年才入土。中国人不是讲究入土为安吗？谁能想到呢，事情在一瞬间突然得到转机——工作人员问我给谁买墓，我如实相告，我还告诉他，我已经把爸爸带来了。工作人员问我亡者姓名，我告诉他后，他说这个名字很熟悉。又问我身份证。爸爸的身份证号我早就背出来了。工作人员在电脑上查了一下，说你爸几年前就买了墓位了，当时是我接待的。

　　原来爸爸早就买了他最后的栖息地啊，他瞒着我无非是怕我难过而已。工作人员要我出示爸爸的身份证原件。那天我们去养老院取爸爸的遗物，在床头柜里发现了爸爸的身份证。后来我把它夹在爸爸的笔记本里，而那本笔记本我总是随身带着。对我来说，它就是爸爸的化身。

　　我们三个人一起动手，搬开沉重的花岗岩盖子，将爸爸的骨灰盒放进墓穴，又将盖子盖上。我去接待处打来一桶水，借了抹布。我们把墓碑拭擦得铮亮如初，又将四处洒扫了，把带来的鲜花摆放在墓盖上。我一只胳膊搂着劳莲，另一只胳膊搂着米琪。我们在爸爸的墓前伫立了很久。米琪出奇的安静，他一会儿看看爷爷的墓，一会儿抬头看看我——视线在生与死之间逡巡——脸上现出从未有过的悲戚。爸爸，我内心说，我们已经决定留在掘城了，我们有空就会来看你，你再也不会孤单了。再过 50 年，也许不用那么久，我和劳莲就会永久待在这儿跟爸爸朝夕相处了。要是妈妈也在这儿多好啊，爸爸，你知道吗，我此刻比任何时候都想念妈妈。

我们回家时没有打车，而是步行。我们想知道，从墓地返回人世的路有多长。

果然，小宋老板很乐意收下了劳莲这个徒弟。小宋老板住在老街上，离油米厂桥不远，中间隔着烟墩桥市场。他凌晨三点穿过烟墩桥市场，过油米厂桥，来到他的烧饼店，开始烧饼贴炉的"前奏"工作，他祖传的大部分技艺就蕴含在这个"前奏"里，剩下的就是烧饼如何烘制了。我要做的，就是在凌晨三点将劳莲送到烧饼店，我还可以回去睡一觉。烧饼店做完早市就打烊了，一般是在上午九点半左右。到时我再把劳莲接回家。

我问小宋老板，明天可以开始吗？小宋老板说了一席话后，我满面羞愧，无地自容——我太书生气了，连最起码的常识都不懂。小宋老板说，按照惯例拜师学艺是要给师父送一份大礼的。我想，什么样的礼才算大礼呢？小宋老板又说，这大礼就免了，你老婆本身就是一份大礼啊。我明白他这话的意思。不过拜师仪式是不能免的，我想把这个仪式搞得隆重些，不仅掘城的各界人士要出席，我还要邀请电视台记者来做现场报道。一个外国人，而且是一个女人，从加拿大跑到掘城来学做烧饼，这个新闻题材可是百年不遇啊。我又问小宋老板，要学多长时间才能出师啊？在我看来，做个小小的烧饼应该是件很简单的事，顶多一个月就能完事。但小宋老板的说法让我有点无法接受。

小宋老板说，我把丑话撂前头，按照老规矩，拜师学艺至少三年才能出师。头一年呢，要给师父做家务，带孩子。第二年才正式学艺。我既然答应收你老婆为徒，就会尽心尽意教她。别小看做烧饼，里面的学问大着呢，没有一年是掌握不了的。第三年呢，徒弟要给师父干一年活，师父管饭，不给工钱。现在是新时代了，不兴徒弟给师父干一年活那一套了，不过，徒弟给师父干一年活这个规矩不能破，否则同行会指着我的脊梁骨诅咒我的。怎么样？你能接受吗？你要是能接受，我们就接着往下走。

我有种被套进去的感觉，说破大天我也不信学做烧饼要花一年时间。但既然劳莲铁定了心要学做中国"披萨"，我有啥好说的呢，只能眼睁睁看着自己被套进去了。

别看小宋老板是个做烧饼的，却很有能耐，居然把县里一位姓沈的领导请来了。沈领导身材魁梧，相貌堂堂，遗憾的是头发几乎掉光了，只剩头顶几根。那几根头发特别长，横亘了整个头顶。遇有大风，它们会舞动起来，给人飘飘欲仙之感。我在加拿大从未看到这种怪异的发型，加拿大的男人遇到这种情况，干脆把那几根头发收拾干净，留出一片光洁的头顶。拜师仪式安排在掘城最高档的酒店——雷迪森——举行。工商界的头头脑脑纷纷到场，掘城各烧饼店都派出了代表，此外还有各路媒体记者。老年大学歌舞队的一帮打扮得花枝招展老太不请自来，载歌载舞，为仪式助兴。

拜师仪式搞得热闹极了，单烟火炮竹就放了差不多有一卡车。沈领导作了即席讲话，媒体普遍认为最精彩的一句是：虾籽烧饼的迷人香味飘洋过海，引来了金发碧眼的加拿大姑娘。中加两国人民的友谊将会由滚烫的烧饼谱写一曲崭新的篇章。上台讲话的还有工商界的某位德高望重的头头，掘城烧饼店推选的代表，小宋老板。当然，劳莲也上去了。因为有很多人在小声打电话，会场上嗡嗡嘤嘤的，但劳莲一登台，嘈杂声就小了许多。而她流利的汉语甫一出口，会场上顿时鸦雀无声。劳莲满怀激情地说，我今天有个特别强烈的感觉，我发现，我真正的家，原来就在掘城。掌声山呼海啸般响起来。我也被感动了。

沈领导透露，县里将考虑授予劳莲掘城荣誉市民的称号。

十五

庆生对我说，"我"是"人"的一撇，要是没有"捺"的支撑，迟早会趴下去的。我明白庆生的意思，我在一天天老去，应该找个老伴，相互搀扶着走到人生的终点。

我是不可能找老伴的，如果要找，早就找了。主要原因，是我还深深思念着书妍。我还没有从书妍的影子里走出来，也不可能走出来了。还有，要是我找了老伴，万一哪天书妍突然回来了呢？我相信这种事很可能发生：某一天的黄昏，屋门被敲响了，我打开一看，原来是一个白发苍苍的老妪。她看着我狐疑的目光，呵呵笑了起来，怎么，你不认识我了吗？我是书妍啊。是的，总会有这么一天的。

庆生曾想让我去加拿大养老。这意味着我将客死异域他乡。我对庆生说，我离不开掘城，我的根在掘城。离开了掘城，我的根就断了，那还能活吗？庆生问我，爸爸一个人待在掘城，要是再老点怎么办？我无法回答这个问题，我只能说，走到哪儿是哪儿。

事情明摆着，庆生在遥若天边的加拿大，不可能回来照顾我。别说在国外了，就是在国内，他也不可能三天两头回来看我，他有他的一摊子事。龙应台说得好，所谓父女母子一场，只不过意味着，你和他的缘分就是今生今世不断地在目送他的背影渐行渐远。你站立在小路的这一端，看着他逐渐消失在小路转弯的地方，而且，他用背影默默告诉你，不必追。所以，到最后，陪伴你的，只能是你自己，还有那些如烟往事。

我既不会去加拿大，而庆生也无法回来，而我却在一天天快速老去，所以，庆生问我，爸爸以后怎么办？"到最后怎么办"是每个老人都无法逃避的问题，它是一把达摩克利斯剑，悬在每个老人的头上。

我一直有请家庭保姆的想法，我就在家里养老。一个人死在家里是最人道的，也是最有尊严的。我把这个想法跟庆生说了。庆生追问我：到时爸爸病了怎么办？当人老了，疾病就成了生命的一部分，会如影随形伴你到最后的那一刻。而且，国内保姆虐待老人，甚至谋杀老人的事时有发生，这叫做儿子的如何放心得下呢？

话说到这个份儿上，"养老院"这个词就该顺理成章地来到面前了。但庆生并没有说出口，他知道我排斥养老院。是的，我排斥养老院。我排斥养老院，是因为它一下子将你与温暖的人间俗世生活分开了，或者说，剥离。它的指向太明确了，它时刻提醒：你老了，你被社会抛弃了，你乖乖地待在这儿等死吧。

从那时到现在，我和庆生聊天的话题从未离开过我的"结局"。"结局"是个伤心的字眼，也是个无奈的字眼。它也是一根鱼刺，埋在每个老人的身体里，迟早会被挑出来。庆生太有耐心了，他也很有心机。他每次都逼着我向"养老院"就范，但他从未说出来。我太了解他了，就是打死他，他也不会说出来的。

后来有段时间，我们爷儿俩不再讨论关于我养老的问题了，似乎，有些事情，不去谈论就不会发生，尽管它在潜滋暗长，尽管它像某种漂浮物，一天天漂近，你躲都躲不开。

不谈养老，我们就谈时事新闻，国内国际大事——所谓的宏大叙事。也聊养生的话题，庆生叮嘱我要多吃蓝莓，每天喝点红酒，多吃谷物杂粮，餐桌要经常出现坚果、豆类、燕麦、全麦面包。

一天早上，我突然开始跑步了。跑步这件事对我来说多少有点莫名其妙，因为我从未打算过像父亲那样跑步。它的到来让我猝不及防。父亲退休后一直热衷于跑步，除了早上跑，下午也跑。因为跑步，父亲得以长寿，活到 90 岁，最后是倒毙在跑步的路上的。母亲认为，父亲跑步有着象征意味。父亲年轻时当过兵，跟着陶勇打过鬼子。后来在渡江作战时负伤回乡。父亲晚年老是嘀咕，要去找部队。所以母亲认为，父亲跑步其实是在追赶部队。那么，我跑步是在追赶父亲吗？

那天早上，我发现我来到了滨东路口，迈开双腿在范堤路人行道上跑动起来。那时父亲刚去世，庆生还小。我发现我朝北跑，来到油米厂桥，再左拐，进入江海路。我恍若看到前面有个模糊的身影，在曦微晨光中若隐若现。我心里一惊，那是父亲！我听到我内心在大声呼喊，爸爸，爸——爸——！我一心想追上父亲，可是无论我跑多快，始终无法追上，他总与我保持着不远不近的距离，而天光大亮时，父亲就消失得无影无踪了。

我跑步的路线，就是父亲跑步的路线（那时父亲也居住在滨东小区）。这条路线是这样的：从滨东路口进入范堤路，而后向北到油米厂桥，过桥左拐进江海路往西至青园路，从青园路一直向南，再从青园路与芳泉路路口左拐至人民南路，朝北到海子牛雕塑，再右拐回到范堤路，返回到滨东路口。这是个庞大的圆圈，后来父亲不满足这个圆圈了，改从滨东路口朝东到东环路，再往北，去高尔夫球场或红星桥。

有一天早上，我经过海子牛雕塑，沿范堤路回到滨东路口，再往东跑至百家惠超市。我并没有像以往那样从超市门口右拐进入小区回家，而是从超市门口继续往东，这样我就来到了东环路上。我以为我会从东环路朝北跑，一直路向高尔夫球场，或者去往红星桥——寻找父亲的背影，但我却身不由己地往南跑了起来，仿佛那两条腿不是我的，而是别人的，是别人在替我跑。这种恍惚的、阴错阳差般的感觉我并不陌生，比如，我在上面说到，我开始跑步时，并不是我想跑，而是别人指使我跑。

　　我从东环路往南，一直跑到天一批发市场。按照常理，我应该受惯性支使继续往前跑，跑向如泰运河大桥，但这时，那个"别人"又出现了，他搬动我的两条腿，让我从天一批发市场对面的豁口朝南跑。这是一条并不宽敞的乡村小道，一边是农舍，一边是河流。我像是被一根无形的绳子拽着，不停地往南跑。我不知道等待我的终点是什么，当我最终来到一座外墙刷着赭黄色涂料的五层建筑的大门口，楼顶上赫然耸立着5个大字——滨东养老院，我不禁悚然心惊。我恍然大悟，那个"别人"原来就是宿命，我的宿命！

　　两天后，我又遭遇了另外一件事——我的手机丢了。我是在去古池药房买咳嗽药，回家后发现手机丢了的。我几乎崩溃了。我的手机只存在于两个地方：晚上它被搁在枕头边上，白天它待在我的衣兜里。而我从古池药房回来后，手机既不在衣兜里，也不在枕头边上。

　　某种程度上来说，我是为手机而活着的——我是多么喜欢跟庆生视频通话啊，每当远隔重洋的庆生出现在手机屏幕上时，我就觉得这个世界太不可思议了。我情不自禁地用手去摸摸他的脸，他的鼻子，他的眼睛，他的嘴巴。庆生小时候刚会说话那阵子，我问他鼻子在哪里。他就伸出胖嘟嘟的手指，摸一下自己的鼻子。我问他眼睛在哪里，他又摸一下自己的眼睛。那么，嘴巴呢？他将嘴用力噘起，做出吸奶的样子，那种可爱的神态让我哑然失笑。每次跟庆生视频的最初时刻，我都忘记说话，沉浸在对往事的回忆之中，泫然欲泣。

　　每次跟庆生视频通话，我都激动无比。手机屏幕上要求我接受视频的绿色按键不停地闪烁，只要我按下这个键，我就能看到远在加拿大的庆生，接着我会听到他说话的声音，清晰得犹在跟前。他还是改不了他小时候的毛病，总是将宾语置于谓语前："爸爸，饭吃了吗？""爸爸，这些天觉睡得怎么样啊？""爸爸，身体检查了吗？""爸爸，老年大学还在上吗？"

我急忙去按那个绿色的键，因为迫不及待，往往不能一下按准。我对庆生说，爸爸想你了。庆生笑了起来，我们不是经常视频吗？我说，这跟经常视频没关系。

很多时候，我跟庆生视频时，加拿大那边正是早上，庆生在吃早餐，他一边嚼着面包一边跟我说话。他的腮帮子飞快地一鼓一鼓的，看着让人心疼。我对庆生说，说好了话再吃啊。庆生说，爸爸，我来不及了。我说，儿子啊，以后少跟爸爸视频吧，爸爸一切都好，不要挂念啊。庆生说，儿子远在万里之外，不能承欢爸爸膝下，儿子不孝啊。我最放不下的就是爸爸，除非爸爸……庆生没有往下说，但我明白他的意思。

我时常犯糊涂，以为庆生不在加拿大，而是待在手机里，这想法让我颇为欣慰：白天，我把手机揣在兜里，庆生就在我衣兜里。晚上，我把手机放在枕边，庆生就在我枕头边上呢。我觉得不是手机没了，而是庆生没了，我以后再也找不到他了。

我赶紧去古池药房，急吼吼地对店员说，我的手机掉在这儿了。店员里里外外找了几遍，没有找到。店员说，大爷，你留个电话，要是找到了，第一时间通知您。在回家的路上，我对一个正在清扫人行道的女人说，我找不到庆生了。我对一个戴着耳机行走的年轻人说，我找不到庆生了。我对一个坐在路边卖瓜的小贩说，我找不到庆生了。我一个劲地流泪。开始我还用衣袖抹泪，可是眼泪越抹越多。我不再抹了，索性让它在我脸上恣意流淌。当我走到滨东路口时，腿软得一屁股坐在地上，像孩子那样哇哇哭起来。

我不知道是怎么一步步捱到家的。当我意外地在餐桌上找到手机时，我再一次哭起来。我不明白手机怎么跑到餐桌上去了。我把手机紧紧抱在怀里，就像是抱着庆生。啊，手机，它对我来说，就是庆生，是我的生命。我总是失魂落魄地对手机说，庆生，庆生，庆生。我自言自语的毛病就是在那个时候出现的。一个孤独之人之所以会自言自语，是因为他太想听到声音了，当这个要求无法得到满足时，他就会自己制造声音。

当我把手机抱在怀里时，我就会想到书妍消失后，我每天晚上都抱着小庆生睡。听着这个没有母亲的孩子从我怀里发出的鼾声，我便用下颌不停地摩挲着他的头发。那一刻，我肝肠寸断。在西北风呼啸的冬夜，小庆生就像一个汤婆子温暖着我的身心。

就在那一天，我突然觉得我确实老了，我是个名副其实的老人了，我要顺服"老"，你永远都无法违拗它。而在此之前，我一直挣扎着回避这个字眼。

当天晚上，我在微信上给庆生留了一句语音：我决定去养老院。其实我想说的是：养老院是我的宿命，我无法违拗它。

十六

　　拜师仪式的第二天，劳莲就去师父家学做烧饼了，凌晨3点我用自行车送她过去。本来我想买辆电动车，但劳莲更喜欢我用自行车带着她。在她看来，两个人共用一辆自行车——不是电动车——更有着同舟共济的意味。凌晨3点可能是最黑暗的时候，万籁俱寂，风凉如水，远处的猎狗狗吠仿佛是从梦境中传过来。自行车轮胎摩擦地面发出沙沙的声，也有着梦幻的味道。劳莲从后面抱住我，在我耳边轻语：亲爱的，要是我们一直骑下去，能到达加拿大吗？我知道，劳莲想加拿大了。

　　我去找了掘城的教育部门。让我没想到的是，我们在"如意馄饨"碰到的那个年轻男子是分管幼教的副局长。他们叫他翟局长。翟局长很热情地接待了我。当他听说我的来意后，拍着巴掌连声道"欢迎，欢迎啊"。他建议我把米琪送到实验幼儿园去。这与我的想法不谋而合，当年我上的就是实验幼儿园。翟局长说，实验幼儿园的学前英语班是全县办得最好的，米琪可以给孩子们上上口语课。翟局长认为，即使中国老师的英语口语再熟练，也没有在加拿大土生土长的孩子的口语地道。他表示要给米琪免除学费，并提供一切方便。

　　实验幼儿园还在三元世纪城里头，文峰大世界后面。从滨东路口沿范堤路朝北，过油米厂桥顺江海路一直向西，从政府大院桥口左拐折进去就到了。它还是原来的建筑，大门仍朝东，格局也是老样子，就连场地上摆着的那些供孩子游戏玩耍的器械似乎也没变，这容易让人产生错觉，即时间是凝滞的，它不再一往无前，而是在原地踏步。

就像我当年那样，米琪很乐意上幼儿园，他侧身坐在自行车前杠上，不断地催促我，爸爸（骑）快点，爸爸（骑）快点！当年我也是坐在爸爸的自行车前杠上去幼儿园的，我已经忘了当年我是不是也像米琪这样，不断催促爸爸骑快点，但有一点是毋容置疑的，即我和米琪一样兴高采烈。

我把米琪送进幼儿园，有种怅然若失的感觉，所以我并没有马上离去——我不由自主地模仿了爸爸。当年，我进了幼儿园大门后，经常发现爸爸还站在外面，神情落寞。我像大人似的朝他挥挥手，让他快回家。多年以后，米琪送他的孩子进幼儿园，会不会也像我这样在大门外伫立会儿才离开呢？

一个有着中国血统的孩子，不会讲汉语是可耻的，所以，在加拿大我一有空就教米琪说中文。把有汉语基础的米琪送到幼儿园去，无疑会提高他的中文水平。但我还有另外一个隐秘的目的——我想再现当年温暖的那一幕。虽然已经过去了很多年，但那一幕不仅没有褪色，反而日久弥新，时常浮现在我脑海里。有时午夜梦回，我蓦然想到它，禁不住潸然泪下。关于这一点，我下面就会说到。

下午去幼儿园接米琪出来，我骑得很慢，我知道我正带着米琪驶入情景剧。我内心忐忑不安，对会不会重现当年的那一幕，一点把握都没有。

政府大院四面被三元池环绕，出实验幼儿园往东，有一段路的北侧边缘就挨着池水，有一长溜水泥栏杆。我清晰地记得，当年爸爸骑到这儿时，就会腾出一只手来摩挲一下我的头顶，而我会转过头，朝爸爸莞尔一笑。我笑意盎然的目光与爸爸疼爱的目光瞬间对视，尔后我又回过头去趴在自行车龙头上。爸爸用劲蹬起车来，车子飞快穿过农工商超市路口，一路往东驰骋，车流和行人从我眼前掠过。

这成了我和爸爸之间的小秘密，每天下午，爸爸接我经过那段水泥栏杆时，总会摩挲一下我的头顶，而我无一例外地会转头笑着看一下爸爸。那时我还很小，无法用大人世界里的语言跟爸爸交流，但我跟爸爸对视的那一刻，我觉得我把要跟爸爸说的话全都说出来了。对于一个刚涉人世的孩子来说，目光是他全部的语言，也是最好的语言。那里面有心照不宣，有欲说还休，那里面有知无不言言无不尽，那里面还有缠绵和羞涩，有孩子对父亲的撒娇和任性。我相信，在所有孩子的每个生命阶段，都会有跟父母之间的某种小秘密。

昔日碧波荡漾的三元池水已然干枯，现出龟裂的池底，它会有两种结局，一是重新注入水流，二是打桩机和擎天吊臂会进驻，未来的楼盘将会拔地而起。但不管怎么说，那一长溜拦杆还在，那是冥冥之中为我留置的舞台吗？我放慢了车速，我像爸爸当年那样，用左手握着车把，腾出右手来摩挲米琪的头顶。米琪并没有反应，他趴在车龙头上东张西望。接着我又摩挲了几下，米琪还是没有如我期待的那样转过头来看我。我内心闪出一句"时间的链条断了"。可我并没有气馁，就在快到栏杆尽头时，我再次摩挲了一下米琪的头顶。

这次米琪不再无动于衷了，他转过头来朝我笑了一下。我的心弦被拨动了，温暖如潮水般涌上来。我俯下身，在他的脸上亲了一口，我强忍住，没有让眼泪流出来。此后的每天下午，我去幼儿园接米琪，行至水边栏杆，我都会摩挲一下米琪的头顶。米琪很快跟我形成了默契，一如当年我和爸爸那样。每当我摩挲米琪的头顶，他都会转过头来与我会心一笑。我去接米琪，仿佛就是为了重演当年的那一幕。我是在以这种方式悼念逝去的时间吗？

我在《养老院手记》中找到了爸爸对这一幕的记述——

那天下午，我去幼儿园接庆生。不知从何时开始，在回家的路上他都要扯着嗓子唱刚学会的儿歌，或者喋喋不休地复述从老师那儿听来的童话。但是那天下午他从幼儿园大门一出来，就眉头紧蹙，一言不发。我把他抱到车杠上，骑到江海路上。庆生仍然一声不吭，沉默得像块石头。当我骑到三元池边那一溜水泥栏杆时，我用右手摩挲了一下庆生的头顶。我仿佛受某种条件反射的驱使，只要骑到这儿，我总要摩挲一下庆生的头顶。庆生呢，会即刻转过头朝我一笑。我多么喜欢这种默契感，多么喜欢庆生那种纯净的、因为被宠爱而带有撒娇意味的笑。

可是往日的默契仿佛被冻结了，今天庆生一点反应都没有。我又摩挲了几下，庆生还是趴在车龙头上，整个身体蜷曲着，看上去无精打采。我将他的小脑袋扳过来，他脸上一点笑意都没有。他眉毛紧蹙，眼睛里竟有一丝忧郁的神色。我心里痛了一下。我用央求的口吻对他说，笑一个，对爸爸笑一下。庆生是个听话的孩子，他咧开嘴对我笑了一下。

我的心更痛了：庆生的脸上并未弥漫着往日那种天真烂漫的笑容。庆生对我呈现的笑是苦涩的，正是这种苦涩刺痛了我。怎么说呢，很多时候，一个孩子的苦笑也是有趣的，它有滑稽和喜剧色彩，但庆生的苦笑充满了伤痛感，是哭泣的方式。

那一刻我是多么不甘心啊，我需要庆生给我一个往日那种快乐的笑，只有那种笑才能安慰我荒凉的心境。所以我再一次央求庆生，笑一个，对爸爸笑一个。庆生再次对我笑了一下。他不仅复制了刚才的笑，而且在他的笑里添加了更多的苦涩成分，就像一个饱经沧桑的人的笑。我的心像是被一只粗砺的手狠狠揪了一下。我突然明白，我的心痛并非是庆生的苦笑引起的，而是我觉得他一夜之间长成了一个忧患的大人，而我是多么不情愿他长大啊。我宁愿他终止成长，永远停留在 5 岁，永远是一个童贞、幼稚、单纯、不谙世事的孩子。

　　我突然明白，庆生再也不会给我那种快乐的笑了——从此，他再也不会快乐了，这让我陷入深深的绝望之中。我用脚撑住自行车，将庆生抱起来。我以后要多抱抱他，等他长大了，我就再也抱不动他了。我抱着庆生，背倚着三元池水泥拦杆，对面则是车水马龙的江海路，可是我却一点都听不到马路上的喧嚣，一切都远去了，整个世界只有我和庆生。我紧紧抱着他，我依稀能闻到他身上残留的奶香。

　　也就是在那天，我发现庆生紧锁的眉头形成一个刺眼的"川"。这个太早出现的生命印记让人触目惊心，猝不及防。我不知道这个孩子是怎么把一天熬过来的。早上他一醒就问我，妈妈回来了吗？我轻轻摇摇头。庆生不再说话了，他很乖地跑到卫生间刷牙。在他跑动的过程中，我似乎听到了他的一声叹息。也许，他就是在那一刻开始皱眉的。这个孩子皱了一天眉，所以他的眉际间形成了一个深刻的"川"。

　　我沿着人行道一直往东骑。一路上我和庆生都没说话。骑到江海路与范堤路交汇处，也就是油米厂桥那儿时，庆生突然问我，爸爸，妈妈什么时候回来？我心头又是一紧。庆生没问我"妈妈回来了吗"，而是问"妈妈什么时候回来"，他内心已经认定妈妈没有回来，正是这个认定苦苦折磨了他一天。多敏感的孩子啊。我更希望他是一个木讷的孩子。"敏感"是"脆弱"的同义词。敏感的孩子最易受到伤害。受到伤害后，也最难愈合。

　　妈妈会回来的，我这样安慰庆生。这话等于没说。从范堤路回到家里，庆生再没说话。此后，他再也没有问过"妈妈什么时候回来"？这又是那个认定在作祟——他内心深处已经认定，妈妈再也不会回来了。

十七

朱股长不止一次让李俏捎口信，让我去陪陪他。每次我都满口答应，但我一次都未去过。我知道，我在内心深处并未与朱股长和解，即使在死亡面前。

几天后，曾经不可一世的朱股长撒手西归了。听李俏说，朱股长吵着闹着要更换一个女护工，而且要求女护工年轻漂亮，否则就绝食。这个要求太高了，养老院的女护工都是老太了，怎么会有年轻漂亮的呢？不过，院方还是给他换了个相对年轻标致的女护工。朱股长不停地要水喝，而每当女护工把水端来，朱股长就使劲拧她，抓她的头发。为了躲避他，女护工把杯子放在他床头柜上，再也不走到床前。朱股长开始哼哼唧唧，又是呻吟又是叹息，赌咒发誓说自己手脚无法动弹，哀求女护工把杯子送到他嘴边。女护工轻信了他，可是刚把水端过去，朱股长从床上欠起身来，再次狠狠抓住她头发，把女护工摁在床上，直到筋疲力尽。没过多久，朱股长又呻吟起来，呻吟得比刚才更厉害，要女护工到他身边去，说他快要死了。女护工不再相信他。朱股长拼命叫喊起来。喊了一阵后，朱股长再也不动了。这一次不是装模作样，而是真的死了，但女护工好半天不敢走到他床边，仍以为朱股长在装死。

李俏告诉我朱股长的死讯时，沉重感压得我说不出话来。这是一种兔死狐悲的反应吗？好像是，又好像不是。我入住的那天，目睹崔老死在饭桌上，我也有这种沉重感。实际上，与其说是沉重感，不如说是对死亡的恐惧感。

啊，死亡。我每天都会想到这个阴森的字眼。姥娘还健在时，我总以为死亡离我还很远。我潜意识里把姥娘当成阻碍死亡侵袭我的第一道栅栏，而第二道栅栏则是父母。你瞧，有两道栅栏保护着我呢，我大可高枕无忧。姥娘的去世意味着第一道栅栏被拆除了，只剩下了父母这道栅栏。我是多么希望父母健康长寿啊，只要他们还活着，死亡就能被挡在栅栏之外，而我与死亡之间就有一个缓冲，让我对死亡有充分的准备。后来，父母相继辞世，这使得我不得不面对自身岌岌可危的存在，毕竟，再没有栅栏挡在我与坟墓之间了。父母都是高龄离世的，就是说，在死神之手伸向父母时，我有足够的时间作好死亡的准备。但直到父母都故去，我还是没准备好。我想，我还有时间做准备呢，而时间将我带到了 65 岁，我依然没有做好准备。这世间，你可以对别的所有事情做好准备，唯独对死亡永远做不好准备，就像你永远作不好准备去养老院一样。

随着步入衰迈之年，我脑子里几乎每天都萦绕着这个问题——你什么时候死？死亡的焦虑日夜折磨着我，令我痛苦不堪。我让自己每天都忙忙碌碌，千方百计让这个问题淹没在庸常的生活噪音里。我不看关于死亡的新闻，不参加朋友的葬礼，忽略自己外表的变化。我掩耳盗铃，假装死亡并不存在，可是我心底的那个提醒我死亡的声音总是在午夜响起。

我一本接一本地阅读西方古典哲学著作。它们告诉我，一个人只要经常思考死亡——不管他如何思考——就会对死亡习以为常起来。这样，一旦死亡来临，你就能从容面对，而不致惊惶失措。为有助于对死亡的思考，中世纪的修道士手上会戴着刻有骷髅的指环，埃及人会在宴会高潮时抬进一具解剖的尸体。

作为实用主义者的我，很快就对哲学厌倦了。哲学絮絮叨叨地劝诫人们思考死亡，简直是多此一举。而认为只要经常思考死亡，就能从容面对死亡，消除对死亡的恐惧，无异于痴人说梦。其实，并非哲学让人思考死亡，而是死亡本身逼迫人思考死亡。对于人类来说，死亡是一个确凿无疑的事实，它就像太阳，每天悬挂在我们头顶，它的可怕阴影无处不在。即使你活一万年，你也会被投进万劫不复的虚无深渊。在这个世上，没有人不恐惧死亡。死亡焦虑是每个人的背景音乐。生是短暂的，死是永恒的。生命只是死亡的遗物罢了。不是吗？

在书妍消失的最初日子里，我伤心欲绝，彻夜难眠。我神经质地不停地抚摸她读过的书，以致我的手颤抖起来。我骇然发现，书妍以写着字的纸条做书签，而那些文字无一不指向死亡，比如——

自古以来，抗议过、拒绝过死的人，最后都不得不死了，我们也终将追随而去。

别的苦难，我们还可躲避或忍受，唯独死是无法躲避也无法忍受的。

在我们之前的许多伟人都死了，我们有什么可委屈的？

死并不孤单，全世界都与你为伴。

丧我之后与生我之前一样。

为自己未能在千年之前活着而痛哭，与为自己千年之后不再活着而痛哭，同样是傻瓜。

没有死，生命就失去了魅力，所以，永生是荒谬的。

我们永远不可能知道，我们从何处来，到何处去。

所谓不朽不过是我不复存在的同义语而已。既然不复存在，不朽又有何意义？

死是真正的终结，是一切价值的毁灭。

我们接受死并非因为它合理，而是因为非接受它不可。

要想活得踏实，就必须把死想透彻。

既然死迟早要来，早来迟来就不是很重要的了。

最长寿者将被带往与早夭者相同的地方，你许多年后死与你明天死，具有同等的价值。

萧伯纳的墓志铭：我早就知道无论我活多久，这种事情迟早会发生。再伟大的人怎么着也活不到今天，终归是死了。那么，我们何不置身遥远的未来，也这样看待自己的死？

也许活着的全部意义，就是怎样获得对死亡的自由。也许对死亡的接受，需要我们付出一生的时间。

执持"今天一定会死"的想法吧，因为假定觉得今天不会死，你又会回到以前的窠臼中：安于世间的享乐，而不会去做真正有价值的事。

生命和死亡是交织在一起的，对死亡的态度会影响你生活和成长的方式。对死亡的关切不仅不会耗费生命，反而能使生命更丰害。

……

有张纸条上写着一首诗：

死亡，四处弥散

它攫取着、推搡着、啃噬着我

无处可逃

我只能

痛苦地尖叫

疯狂地哭嚎

死亡，在每一天若隐若现

我试着留下走过的足迹

兴许这有点用

我竭尽全力做到

全然活在每个当下

但死亡潜伏在黑暗之中
我所追寻的
这令人舒适的保护伞
如同包裹孩子的毛毯
在寂静的寒夜里
当恐惧来袭
它们就这样完全被浸透

那时
将不再有我的存在
不再有一个我
能自然呼吸
能改过自然
能感受甜蜜的悲伤
而这难以忍受的丧失
竟无声无息地逼近

死亡本来什么也不是
死亡却成了一切

　　这时我才知道，原来书妍也在背着我思考死亡。是不是那时她已经听到死亡蹑手蹑脚向她走来的脚步声了？我已经永远不会知道对死亡的思考能让她从容地面对死亡，还是更为慌乱？一想到这点，我比任何时候都心疼书妍。

　　那些夹在书中的纸条使我想起一则民间故事，那还是很多年前，夏天晚上乘凉，姥娘讲给我们这些孩子听的：有个孩子去遥远的地方找他被强盗掳走的娘，为了能让自己顺利回来而不致迷路，孩子边走边把馒头屑吐在路上，到时就能根据馒头屑找到回家的路上。岂料那些馒头屑全让鸟叼走了，结果，孩子既没找到母亲，也回不来了。我们觉得这个故事很有趣，听完都哈哈大笑，但姥娘却没笑。后来我长大了，才意识到这其实是个悲惨的故事，鸟叼走馒头屑有着象征的意味，在人的一生中，有多少珍贵的东西被叼走啊，等待我们的将是一无所有，除了死亡。

那些纸条使我产生了谵妄的想法，或者说病态的幻觉：那些纸条是书妍故意留下的，纸条的作用等同于馒头屑，但书妍不会通过纸条找到回家的路，而是希望我能通过纸条这个记号找到她：这些纸条只能将我引向时间的迷宫。

十八

　　我又回到写作中了，它是我在加拿大作家生活的延续。我在卧室的窗台前写作，窗外就是小院，以及那些娇媚的花影。我的加拿大家里也是如此，书房外面也种着很多花草。很多时候，当我从电脑上抬起头来，会有种时空错乱的感觉，就像看到自己的水中倒影，我懵懂地想，我究竟是在加拿大，还是在滨东小区？

　　日子变得程式化了：凌晨把劳莲送到烧饼店，回来睡个回笼觉。6点半被闹钟叫醒，给米琪准备早点。7点半送米琪上幼儿园，回来路过烟墩桥买菜。10点，我去烧饼店接劳莲——后来，劳莲就不依赖我了，她独自穿过凌晨的黑暗去烧饼店，上午打烊后再独自返家——那时，最后一批食客已然离去，烧饼店门可罗雀，老板和伙计围坐餐桌，吃迟到的早餐——内容千篇一律：加工特制的虾籽烧饼，外加一碗豆腐脑。

　　一回到家，困倦的劳莲立马变得精神头十足，她帮我择菜、洗菜，让我教她烹饪中国菜。她很上心，很有耐心，灵气十足，领悟力很高，不多时就能独立掌勺，做出色香味俱佳的菜肴了。我调侃她，你开烧饼店，还不如开饭店呢。她则雄心万丈地说，开饭店是我的备选项目。

　　劳莲会睡一个漫长的午觉，我的写作正是在这个时间进行的。我本来想去厨房写作，就像母亲当年那样。可是劳莲不依，她非要我待在卧室里，待在她身旁不可，这样她才能安然入睡。我答应了她，尽管这会影响我的写作。我喜欢在隐秘、幽暗的空间里写作，只有在那种环境里我才会文思泉涌。但我很快发现，劳莲轻微的鼾声能带动我的文字飞扬起来。其实，我惧怕在厨房写作。我担心我写作的姿势会与母亲当年写作的姿势重叠起来，如果那样，我就会被无尽的哀伤掩埋。

我在写一本关于时间的小说，我要把它写得像《日瓦戈医生》那样辽阔，这足以表明我有多么大的野心。这本小说，还是在与劳莲相识的那年开始动笔的，然而数年过去了，小说还停留在开头部分，尽管我每天都笔耕不辍。我总是写了删，删了再写，仿佛没有尽头。我无意间成了西绪弗斯，不过，我推的不是石头，而是文字。可是，有时，文字比石头还沉重呢。有些作家喜欢从中间往两边写，有些作家喜欢从结尾朝开头起，而我如果不从开头第一句写起，就找不到北。一本书的第一句是最难写的，它必须是让你怦然心动，魂牵梦萦的句子，它是一扇巍峨雄伟的大门，只有这扇巍峨雄伟的大门，才能将你带入金碧辉煌的宫殿。但我总是找不到那种让我怦然心动的句子。后来我想，也许这是因为我从未看清时间的真面目。一旦我看清了它的真面目，我就能顺利地登堂入室。我的写作成了坐在电脑屏幕前的喃喃的祈祷。我越来越觉得文学就是上帝，而我是他不合格的子民。除了虔诚的祈祷，我还能干什么呢？

在跟劳莲热恋的日子里，我总是悒悒不乐。我告诉她，也许我永远无法完成那本小说了。劳莲笑着说，你会完成另一部伟大的作品。我知道她的意思，但我觉得，两种作品是永远无法相互替代的。

我认识劳莲时，她也在进行文学创作，她的主业是书店的店员。那家书店在多伦多，是一位小有名气的诗人开的。那时我在美国爱荷华大学取得了创意写作硕士学位，多伦多附近的约克大学向我提供了一个教师的职位，我在那里教授创意写作。约克大学是加拿大比较激进的大学，我的班上都是男生。我把爱荷华大学创意写作的那套非常流行的东西搬过去，就是既艰涩难懂又老生常谈的那类东西。班上的学生自命不凡，好高骛远，人人都想当荷马或莎士比亚。让我苦恼的是，我不知道怎么和他们沟通，怎么做才能不与他们为敌。当我知道怎么做的时候，我已经离开了约克大学。在那个位置上，我应该是能改变些什么的，但是我没能做到。教师的使命说穿了不就是"改变"吗？改变你的学生，同时也改变你自己。我所教的东西和写作没什么关系——更像是为将来进入影视行业而进行的良好培训，或是让你非常安心地认可一些俗套的东西。

有天上午，班上来了个女生，我一下子被打动了。在我身处异国的这些年，还没有哪个女生如此打动我。打动我的不仅是她美丽的容颜，还有她那身维多利亚时代小姐的打扮。后来，我和她出游时，特意穿上了中国古代汉服，我们成了一对引人注目的远古时代的人，就像来自另一个维度。她交给我一篇她写的小说，写青春期受到的伤害，这伤害并非来自社会或他人，而是自己。我记得我读的时候坐立不安，有种尖锐的东西刺进了我的皮肤——我已经好长时间没有读到过这样好的学生作品了。她问我怎么才能注册到我的课程，我说，不要！不要靠近我的班级。只需要继续把你写的东西拿给我看。她后来在《纽约客》上发表了小说，这是件非常了不起的事。

我极度迷恋她，但我从未对她说过"I love you"，她跟我似乎也保持着一名学生跟一位教师之间的距离。我其实可以请她喝咖啡，在咖啡的袅袅香气中聊聊她喜欢的麦卡勒斯。她认为，加拿大是没有文学的，加拿大的文学源头在美国，在美国南方。我们开始交往了，尽管还停留在相互交换手稿的层面上，我们就像在宁静的湖边散步，但总有一天湖水会漫溢堤坝，她会爱上我，事情就从那儿开始了，一切水到渠成，不过，它只存在于想象中，该发生的都没有发生。

后来我在西安大略大学找到了工作，教授中国古典文学。虽然每天来听课的学生寥寥无几，但学校还是决心把这门课开下去。有一次当地电视台采访了我，她碰巧在银屏上看到了我。我当时谈到了我住在哪里，给人的印象是我单身一人。之后她直接打电话给我说，我是劳莲，我现在克林顿，我想着我们什么时候能一起吃个午饭。我们去了教工俱乐部，一人喝了三杯马提尼，我觉得我们都有些紧张，不过，我们很快就变得熟悉起来，我记得到了当天下午，我们就已经在谈论搬到一起住了，真是够快的。我在西安大略大学教完了那个学期的课程后，就搬到了克林顿镇。我们开始生活在一起，就住在她父母的那幢房子里。两位老人在一年前相继去世。后来我们就有了米琪。我们在克林顿镇开了一家咖啡馆，维持日常生计，业余则埋头写作。劳莲一心想成为门罗第二，但同时又觉得生活比写作更重要。有时她觉得有了可爱的儿子米琪，此生就满足了，夫复何求？而我只想完成这本关于时间的小说，我对人生的奢望仅此而已。

十九

其实，我对死亡的恐惧，从童年时代就开始了。它注定会影响我的一生。

我6岁的那年，有一天，父亲用自行车带我去祖父家。路上，父亲告诉我，沉疴不起的祖父已经处于弥留状态，说想见见我这个长孙。我们赶到祖父家时，祖父已经不能说话了，只是依依不舍地拉着我的手。祖父躺在一张老式雕花床上，颧骨深陷下去，下巴则高高往上翘，上面斑白的胡子像微风中的蒿草不断抖索着。祖父家的堂屋里摆着一口庞大的长方形箱子，我问父亲箱子是干嘛的。父亲说，那不是箱子，是棺材，是用来盛放你老老的。我们那一带的方言，把爷爷叫做"老老"。

第二天，祖父溘然西归。人们把他放进了那口大箱子，并且盖上了盖子。斧头撞击铁钉，发出沉闷的叮当声，就像一扇古代的大门被合上了。

奶奶让我陪她几天，说这也是祖父的遗愿。棺材就搁在堂屋里，与房间一墙之隔。那时，我对"死"一点概念都没有，以为大人们说的"死"就是睡过了头，多睡几天而已，最终还是会醒过来的。所以，我对搁在堂屋里的棺材一点都不害怕。有时我闲得无聊，还会攥起小拳头敲几下棺材，试图叫醒祖父。有天夜里，我被从堂屋传来的一阵格格声弄醒了，我觉得是祖父掀开了棺材盖子。我推推身边的奶奶，说老老爬出来了。奶奶咕哝了一句什么，翻过身，又睡着了。接下来的时间，我一直竖着耳朵听外面的动静。我期待着能听到祖父轻手轻脚的脚步声，他瘦弱佝偻的身影会出现在房门口，并且，一步步朝雕花床走来。他叹息着说，睡在棺材里一点都不舒服。

我期待的场景一直没有出现，后来我就睡着了。第二天早上一醒，我就跳下床跑到堂屋。棺材盖子仍被死死钉着，祖父并没有爬出来。过了几天，父亲来了。我急忙问他，你是来接我回家的吗？父亲说，现在还不能带你回家，要等到把你老老埋了，才能回去。我又问他，干嘛要把老老埋了？父亲回答说，人死了都要埋进土里，入土为安啊。我抓住父亲的手问，要是老老醒过来怎么办？

父亲蹲下来，给我整整衣服，说傻孩子，人一旦死了就不会醒过来了。不，我要老老醒过来。我说着说着就哭了。奶奶在一旁抹泪。奶奶说，老老没白疼这个孙子。

祖父出殡的那天，来了很多亲戚。在震耳欲聋的炮仗声和高亢嘹亮的唢呐声中，送葬的队伍出发了。祖父被埋在岸里的墓地里，那儿布满了馒头似的坟茔。在挖墓坑时，那口黑漆漆的棺材就搁在墓坑边上，泥块溅在上面发出噗噗的响声。我多么希望祖父能在下葬前醒过来啊。我跑到棺材跟前，做出连我自己都未曾料到的疯狂举动：我用拳头拼命擂击棺木，歇斯底里地大喊大叫——老老，你快醒过来！老老，你快醒过来！

实际上，从人们抬起棺材离开家的那刻起，我就陷入了恐惧之中。在去墓地的路上，我心中的恐惧一直在滋长，而人们开始挖墓坑时，我内心的恐惧到了极点。我恐惧的是祖父不能醒过来。对父亲的说法，即人死了就不会再醒过来了，我抱着怀疑的态度。如果真是那样，那太可怕了，我无法接受这个说法。我固执地认为，祖父只是暂时睡着了，他一定会醒过来的。我希望祖父醒过来，其实有一个隐秘的原因：以后我年老死了后，也能醒过来，我的死不过是一次长长的睡眠而已。

人们跑过来把我拉走了，使我再也无法接近棺材。墓坑终于挖好了，人们抬起棺材，分站在墓坑两侧，腰背弯曲下来，随着手中绳索的缓缓松开，棺材徐徐下沉。当棺材下到坑底，第一锹泥土甩进了墓坑，祖父终于没有醒过来。要是祖父能醒过来，他肯定会敲击棺壁，这样我们就能听到沉闷的咚咚声。可是，直到墓坑被泥盖满了，我们也没听到那种咚咚声。

当天，父亲就把我带回家了。我变得郁郁寡欢，沉默不语。实际上，没过几天，我就把这事忘了，恐惧一步步从我内心退出来。说穿了，我只是受到一点惊吓而已。要知道，我那时还很小，而祖父已经80岁了，要经过多少年，我才会长得像祖父那样老啊。死亡对于我来说，太过遥远，遥远得难以企及——可能在所有孩子眼里，时间都是静止的，一成不变的。

其实，我并不知道，对死亡的恐惧已经深深扎在我心里了。祖父的坟紧挨着路边，而从我家去奶奶家，那条路是必经之路。每次父亲带我去奶奶家，路过祖父的坟时，我都要问父亲，老老还在里面吗？父亲想了想说，老老已经不在里面了。我觉得父亲在骗我，我亲眼看到装殓祖父的棺材埋在那儿，祖父怎么会不在里面了呢？我又问父亲，老老去了哪儿？父亲说，老老去了另外一个地方。我又追问，别外一个地方是个什么地方？它在哪儿？父亲叹了口气说，不知道，没有谁知道。

我又问母亲同样的问题。母亲比父亲诚实多了，她说，老老不在棺材里，还能去哪儿？我相信母亲的说法，只有母亲的这个说法才能让我心安。以后，我每次路过那儿，我都要看一眼祖父的坟。我觉得祖父还在那儿，他并没有去另外的地方。虽然他不再醒来，但他还好好的睡在棺材里。

3年后的春节，伯父请我们全家吃年酒。当我们路过那片墓地时，我看到一些人在挖坟。后来我知道，那是一次政府行为。一口棺材被挖了出来，上面沾满了淤泥，孤零零地搁在那儿，看卜夫触目惊心。更让我吃惊的是，棺材盖子也被撬开，扔在了地上。强烈的好奇心驱使我朝那口敞开的棺材奔过去。父亲和母亲在背后异口同声地喊我回去，但我跑得更快了，我完全迷失在谜底即将被揭开的激动中。

父亲急忙追了过来，我听到了他急速奔跑的身体与风摩擦发出的呼呼声。显然，父亲想在我跑到棺材之前截住我。可是，父亲还是晚了一步，他阻止我看到事情真相的企图落空了。那时，我已经跑到了棺材跟前，棺材里的景象让我毛骨悚然。我原以为躺在棺材里的还是一具穿着崭新寿衣的完完整整的人，这个人仰躺着，面目安详，神态自若。他双手合十，置于胸腹之上，看上去正在恬然入睡。可是我看到的却是一具白森森的骨骼，它陷在潮湿的泥土里，很多蛆虫在骨头的罅隙间涌动，进行着一次饕餮盛宴。

多年以后，我看到书妍夹在一本书里的纸条，上面是一首诗——

是否想过，当灵车驶过，你也许就是下一个？
他们把你裹在大大的白色褥子里，
深深埋在地下两米，
他们把你装进黑色的盒子里，
黄土地和碎石将把你埋藏。
一周之内，棺材完好，
一周之后，棺材渗漏！

虫子钻进来，虫子爬出去，
它们咬住你的口唇，吃你的眼睛，啃你的鼻子，
它们吮吸你脚趾头间的汁液！

一只巨大的凸眼虫钻进你的胃里，
又从你的眼窝里爬出来，你的胃就这样变成泥沼一样的绿色
……

追过来的父亲用手掌捂住我的眼睛，我知道他不让我看到那骷髅，可我还是看到了。骷髅的样子虽然可怕，但它安详而宁静，正在向棺材外面的世界发出诘问。我是在母亲赶过来时大哭的。后来母亲告诉我，那天我不再像孩子那样嚎啕大哭了，完全是大人那种悲伤欲绝的哭。我并不发出哭声，却泪雨滂沱。我使劲克制着，以至于全身像筛子那样抖动起来。

姐姐和弟弟没有过来，他们站在路上等我们，因此他们没有看到棺材里的一幕。他们以后再也没有机会看到了，因为不久以后，当地政府开始施行火化政策。奶奶死后就是被送到火葬场火化的。

那天我为什么哭得那么伤心？是我的视觉受到了强烈刺激？是我无意中发现了死亡的真相？是我觉得要是打开了祖父的棺盖，我也会看到成了一具白骨的祖父，因而无法接受这个现实？是我联想到自己，有朝一日也会变成这副可怕的模样？

母亲百般安慰我，试图让我认为我看到的是假相。母亲说，对不起，我骗了你，你老老已经不在棺材里了。所有的人死了，虽然都被装进了棺材，但其实都不在棺材里了，而是去了另外一个地方。母亲的说法与父亲的说法重叠在了一起，也许他们的话是真的，可是那具白骨是怎么回事呢？它不是死者的还会是谁的？既然死者去了别的地方，为什么不把自己的骨头带走呢？当我提出这个疑问时，母亲解释说，你看到的白骨其实是人的躯壳，所有的人死后都会卸下自己的躯壳，因为它被人在世时经历的时间侵蚀得腐坏了。这副躯壳已经不是这个人的了，它只是一件与这个人毫无关系的东西。

我问母亲，这个人走的时候会有新的躯壳吗？母亲肯定地说，

当然会有的，只不过我们活着的人是看不到的。我又问，为什么我们活着的人看不到呢？母亲说，因为他们去了另一个世界。虽然我觉得母亲的话很玄乎，但我还是迫使自己相信那具白骨只是人腐坏的躯壳，它已经不再属于那个人了，就像母亲说的，它其实就是一个与那个人毫不相干的东西，就像是躺在路上的一块砖头，歪倒在田边的一棵树木，被扔在垃圾堆上的一件旧衣。

那具白骨就像锋利的刀刃，在我心头划了一道血淋淋的伤口。伤口会慢慢愈合，但隐痛却无法愈合，也许它永远不会愈合了，除非母亲能明确告诉我"另外的一个地方"到底在哪儿。可是母亲无法回答我，每次我刨根究底地问她，她都是拿"在一个很远的地方"搪塞我。有一次，母亲被我问急了，便给了我一个绝望的回答：没有谁知道那个地方究竟在哪儿。母亲的回答跟父亲的如出一辙。母亲问我，你这么小的孩子，为什么老是追问这个哲学家才关心的问题呢？我想说，这个问题对我来说太重要了，因为要是你和爸爸死了，我害怕找不到你们了。我还想说，要是我以后死了，我的家人到哪儿去找到我呢？可是我没敢说出口。

可以说，在我还是小孩子的时候，我就害怕死了，但那时我还不太明白，我是害怕死亡本身，还是害怕人死了不知道去哪儿找到他。那时，疼爱我的姥娘已经白发苍苍，日益衰老，犹若快要熄灭的灯盏。一想到姥娘死了后我不知道到哪儿能找到她，我就痛不欲生。我多想对姥娘说，在我没弄清这个问题前，你可千万不要死啊。那时，我问了很多丧亲的人这个问题，他们无一例外地回答，死者去了该去的地方。可是，到底哪儿才是死者该去的地方呢？

我希望从书籍中找到答案。书籍的答案是温暖的谎言：人死了就会去天堂。

还没等到我把这个问题弄明白，我姥娘就撒手西归了。从那天开始，我再也找不到姥娘了。没有人知道她去了哪儿。"姥娘"永远成了一个温馨的符号。姥娘去世的时候，我已经结婚生子了。也就是说，我从童年时就开始追溯的这个问题，到我临近中年还没有找到答案。可是我并没有放弃，我希望赶在父母离世前弄清它。那时，中年的我觉得死亡已经开始走近我了，让我无法不正视它。中年的一个主要任务，就是接受死亡的现实性，而人生后半段的目标就是应对死亡。中年意味着什么？中年意味着他们的日子快要到头了，死亡垂手可触。

我相信这个说法：50岁是人生的分水岭。50岁以前你会觉得日子过得比较慢，50岁后就过得比较快了，这是因为人生的主要任务都是在50岁前完成的。这个过程是艰难的，而艰难会让你觉得时间难熬。当你该做的都做了，你就来到了50岁。接着，你会像一只飘摇的船，顺时间之水而下，很快来到了60岁。然后，时间的惯性会很快把你推到70岁、80岁，最后把你推向死亡。

二十

我带米琪去草地。要是从天一批发市场往东再向北走，就会来到一个十字路口。从路口左拐就踏上了掘中路。沿着这条路一直往西，走到一个路口右拐，从甬道进入滨东小区。我家就在这条甬道边上。而从十字路口右拐往东，沿着狭窄的小道，就会来到那片草地——我试图再现另一个场景——我像米琪这么大时发生在草地的场景。但我内心惴惴不安，一点把握都没有。我不知道时光会不会配合我：时隔多年，那片草地还在吗？

我学会走路不久，爸爸经常在午后用自行车带我出来游逛。我坐在车杠上的小竹椅里，一言不发，任凭爸爸把我带到任何地方。有时，我会用胖嘟嘟的小手拍拍车龙头，这是我对眼中的一切感到新奇的表示。那时，滨东小区东侧还是一片农田，爸爸领着我在田边小径转悠。我看到头顶上有很多蜻蜓在飞。当蜻蜓飞得很低时，我就会伸出小手，试图捕获。爸爸说我是人小心大。后来开始修建东环路，那片农田被开发商看中，茂盛的庄稼瞬间被埋进地底，农田四周砌起高高的围墙，起重机的吊臂从围墙伸出来，似乎要把世界连根拔起。我们转悠的田边小径也被围墙圈了进去，我们无路可走了。

半年后，东环路通车了，建在那片农田上的商品房也快竣工了。一天傍晚，爸爸领我出来散步。我们来到一条刚修好的水泥路，就是后来的掘中路。我们从水泥路向东走，来到了东环路上。我拉着爸爸越过东环路。爸爸问我去哪儿，我不说话，其实我也不知道要去哪儿，我只知道拉着爸爸到马路对面去。

　　到了马路对面后，我并没有停下来，而是继续拉着爸爸往东走，这样，就来到了那条小道上。爸爸一脸迷惘，又问我要去哪儿。我还是不知道要去哪儿——揭晓答案前是最黑暗的时刻——我不知哪来那么大的劲，爸爸一直被我拽着走，似乎我成了大人，爸爸成了孩子。

　　那条小道的尽头是摇曳着芦苇的池塘，小道贴着河塘蜿蜒朝北，于是，我们来到了一片草地。那时，我还没有意识到，它成了我心灵的栖息地，后来我经常拉着爸爸去草地，哪怕什么也不干，就那么默默地待上一阵子。草地一片宁静，我内心也一片宁静。在我那么小的时候，我就知道，宁静是最美好的。但我至今都不明白，我怎么知道那儿有草地，我是在什么时候得到一种隐秘的启示的呢？

　　那是一个相当于篮球场那样大的土坡，长满了狗尾巴草、牵牛花、紫花地丁、曼陀罗、车前子、九重楼、蛇莓、千日花、青葙、蒲公英——这些都是爸爸后来告诉我的——爸爸给我拍了好多以草地为背景的照片。由于阳光强烈，我总是努力睁大眼睛，皱着眉头，嘴角紧抿。这些照片一直由妈妈保存，我所有童年的照片都收在一本厚厚的影集里。妈妈消失后，这本影集也了无踪影，显然，妈妈带走了它。

　　我带着米琪出了家门，从院子门前的甬道往南，来到了掘中路上，再往东，就到了十字路口。在穿过东环路前，我问米琪，你知道草地吗？这话一出口，我就充满期待地注视着米琪。当年，我是冥冥之中知道草地的存在的，或者说是一种心灵感应，多么希望米琪也会有这种心灵感应，比如，草地曾经出现在他梦境里，它一直游弋在他模糊的意识里。我这么问他，是把"草地"从他模糊的意识里打捞上来。如果他说"知道啊，我带你去"，我该是何等的欣喜若狂啊。接下来，他就会如当年的我拉着爸爸那样拉着我穿过东环路，一直走到草地。

然而，米琪莫名其妙地看着我，爸爸，什么草地？我心里一沉，很是沮丧。米琪根本不知道什么草地，这预示了不祥的征兆吗？即草地已经荡然无存。倘果真如此，那么我就会被蒙上一层残缺的阴影。我知道我走火入魔了，我患上了偏执症。米琪不知道草地没有什么奇怪的，否则，世上就真的有先知了。而草地荡然无存也没有什么奇怪的，时间能改变一切，当然也能改变草地。

我领着米琪穿过东环路，当年的那条小道还在，还是那样狭窄，不过已经由泥地改造成了水泥路，这是否意味着，草地也被改造了？不过，河塘给了我希望——那河塘还在小道的尽路，四周长满了芦苇。我向北面眺望，不禁一阵心跳——草地还在，还是当年的样子，一点都没变。感谢上苍，它特地为我保留了草地，它让象征着时间的草地一成不变地等着我。

草地上生长的野草还是当年的那些野草，那些让我魂牵梦萦的狗尾巴草、牵牛花、紫花地丁、曼陀罗、车前子、九重楼、蛇莓、千日花、青葙、蒲公英。以后，我要让米琪逐一认识它们。爸爸，我们来这儿干嘛？米琪问我。我说，来玩儿啊。米琪不以为然地说，这儿有什么好玩的。但是，很快他就知道错了。当年我最喜欢玩蒲公英了，我抓着它的黄色的花朵，凑到嘴上用力一吹，天空即刻布满了小降落伞。看着那些轻盈的小伞，我兴奋得直拍手。

米琪从未见过蒲公英，当我摘下一棵递给他，他眼神满是茫然。吹啊，用力吹，我如此这般地教他。米琪不知怎么吹，手足无措。我又采摘了一棵蒲公英，凑到嘴上用力一吹——是当年的我在吹吗——那些黄色的小花朵纷纷飞向空中，又如降落伞坠落。米琪惊奇极了，大声嚷着，魔术，魔术！他学着我的样子，也把蒲公英的花朵吹到天上去了。我问他，好玩吗？他大声叫着，好玩，好玩，太好玩了！我引诱他，以后还来吗？他又大声嚷起来，我想天天来！爸爸，我还要。我说，你自己摘啊，这么多蒲公英，够你摘的。米琪忙开了，摘了一捧蒲公英抱在怀里。

有些野草的果实是能吃的，爸爸当年就摘了很多给我吃，现在我想起来还齿颊生津呢。我还记得灯笼草的果实跟小灯笼似的，酸酸的。龙葵的果实也如此。还有老鸹瓢，将它的外皮剥开，里面棉絮状的果肉令我着迷。回到家里，我还想吃，但我不知道那东西叫老鸹瓢，我总是叫成棉花。我对爸爸说，我要吃棉花。爸爸听了哈哈大笑。现在，我就在寻找它们。其实，根本不用寻找，它们就散布在我四周呢，在太阳底下异常夺目。

我摘下"小灯笼"，拿给米琪吃。他不敢吃，我就扔进嘴里，夸张地咀嚼起来。米琪问我，好吃吗？我说，好吃极了。米琪脸上露出向往的神情，我也想尝尝。于是，他小心翼翼地吃了一个。因为酸，他眉头皱了起来。这次我问他，好吃吗？米琪皱着眉毛说，好吃，我还想吃。我又给他吃了龙葵的果实。米琪吃得津津有味，他手指将整个草地划拉了一下，说，我要吃很多，我要把它们全都吃了。我笑了，好一个贪得无厌的家伙！

接着，我摘了老鸹瓢，剥开外皮，棉絮状的潮湿的果肉露了出来。我把果实填进米琪的嘴里。好吃吗米琪？好吃，挺好吃的，爸爸。你觉得像什么？棉花絮。我亲了一下米琪。现在，我又需要道具了。啊，道具！道具是永远不能少的——道具在日常生活中扮演着重要角色，有时，日常生活把道具磨成粉末并且加以弃之，但时间却将残渣还原成最初的形状，堆造起往昔。

我需要的道具是苍耳。它必须马上出现，这样，往昔才会继续被堆造。当年，我跟着爸爸寻找野果，身上会沾几个苍耳，我想抓下来扔掉，却被刺得哇哇哭了起来。爸爸用一根小树棍对着苍耳棵子一阵猛打，嘴里还大声骂着，逗得我破涕大笑。米琪，你自己去找找野果，我又一次引诱他。米琪离开我，去别处找。刚走了几步，身上就沾了几颗黄褐色的苍耳。爸爸，这是什么？苍耳，你肯定没见过，快摘掉。米琪一碰苍耳，手就缩了回来。我明知故问，怎么了？米琪说，它有刺。米琪并没有被刺得哇哇哭，往昔生活出现了偏差。这没什么，时间的榫头并非总是跟时间的卯眼对接得那样精准。

米琪，快摘掉。爸爸，我怕。我有点生气了，你是男子汉，所有的男子汉都是勇敢的。米琪还是不敢摘掉身上的苍耳。我和米琪之间出现了短暂的沉默。米琪突然哇地一声哭了。我说不上失望还是欣慰，不过，榫头终于精准地对接了卯眼。我找了一根树枝发疯般砸向苍耳棵子，怒气冲冲地高声大骂，胆敢刺我家米琪，看我不打死你！米琪乐得哈哈笑了起来。

我掐了两根狗尾巴草，将其交叉起来，有穗的一端咬在嘴里，让穗在嘴角边形成两道胡子，再用另一端的茎撑起眼皮——这还是当年爸爸教我的，当然，也是在这片草地上。我的脸成了某个动物的脸，米琪像我当年那样惊叫起来，爸爸，你变成猫啦，快教教我，我也要做猫。

米琪很快就学会了，比当年的我学得快多了。可是米琪看不见自己被两根狗尾巴草变成猫脸的样子。米琪，我们把狗尾巴草带回家去玩，在镜子里你就能看见了——怎么听都是多年前爸爸对我说的话的回声。那时，妈妈还没有消失，她看到我的滑稽样，忍不住捧腹大笑。那时妈妈不知在忙什么，她一次都没有跟我们到草地来。我想象劳莲看到米琪的"猫脸"，也会笑得乐不可支。按照她的性格，她肯定也要尝试一番。家里顷刻间出现了两只猫，一只老猫，一只小猫。但我记得，妈妈并没有尝试，她只是笑了一阵，就把这事丢下了。米琪无论在什么时候都是顽皮的，但妈妈有时很严肃，她比劳莲像个大人。

我在焦急地等待另一样道具的出现，它对往昔的重现至关重要。

要是没有它，剧情将无法向前推进，只能草草收场。一天下午，我和爸爸在草地发现了一只有弯角和大胡子的山羊，它兀自站在坡顶，用慈祥而睿智的目光打量我们。我对山羊又惧怕又喜欢，爸爸拉着我走近山羊，我的脚步是迟疑的。庆生，去摸摸山羊，不会咬你的，爸爸说。我从草地上捡起一个泥块扔向山羊。山羊后退了几步，咩咩叫了两声，仍友好地看着我们。我胆子大了些，拽着爸爸的手，靠近了山羊。我对它做了个吓唬的动作，山羊却歪着脑袋看着我，眼里满是探究的神色，目光温和。我松开拽着爸爸的手，走到山羊跟前。山羊同时朝我走来，它将脑袋低下，送进我怀里。我抱住它脑袋，它闭上眼，在我怀里蹭来蹭去，不停地咩咩叫着，好像在说着什么。我已经彻底消除了对山羊的恐惧，不停地捋它的胡子。它张开嘴，伸出满是软刺的舌头，舔我的脸，痒得我咯咯笑起来。

111

咩咩，咩咩，咩咩。米琪好奇地问，爸爸，你怎么学羊叫？米琪早已从动画片里了解了羊是怎么叫的。全世界的羊叫声都是一样的。米琪也学起羊叫来，常常是，我做什么，他也要跟着我一起做。模仿是孩子的天性。我和米琪的羊叫声组成了二重奏。但是很快就成了三重奏——坡顶上出现了一只有弯角和大胡子的山羊，正是它欢快的叫声与我和米琪的构成了三重奏。真是不可思议！我有种极不真实的感觉，恍若梦境。

羊，羊！米琪指着坡顶上的山羊喊起来。让我们允许剧情有了偏差吧，也让米琪省略了对山羊的恐惧，省略了观望、试探。他比他童年的爸爸勇敢多了。他直接朝山羊跑了过去。你好，羊！他对它打招呼。但是山羊还停留在过去的年代，不愿改变自己，所以它不可能省略什么，甚至，它脖子上仍套着黑项圈——它还是像过去那样一边咩咩叫着，一边友好地打量着米琪，眼睛里满是探究的神色，它可能在想，这个孩子是当年的那个孩子吗？从他的模样看，他显然跟当年的那个孩子不同。它按照当年的步骤继续下去——当米琪抱住它时，它将脑袋低下，送进米琪的怀里，并且在米琪的怀里蹭来蹭去，不停地咩咩叫着，好像在诉说着无尽的怀念。接着，它张开嘴，伸出满是软刺的舌头，舔着米琪的脸。米琪咯咯笑了起来（他的笑声是多年前我的笑声的回响吗）。我端详着山羊，它怎么看怎么像当年的那只山羊。我怀疑它不是山羊，而是神灵的化身，否则它怎么会在这儿待了几十年，仿佛是等着我和米琪的到来。啊，我的叙述里再次出现了"神灵"这个词。有赖于神灵，时光才能重现，是这样吗？或者说，所有的剧情都是神灵导演的吗？我忍不住想说，时光也是河流，人其实是可以两次踏进同一条河流的。不过我又想，山羊并非神灵，而是时间老人，永远驻守在原来的地方。

　　天色将暮，我们要回家了。让山羊跟我们回去，米琪说。米琪还说，我要跟山羊一起睡，我的小床能装得下它。我一下紧张起来——多年前我这样说时，爸爸试图将山羊牵回家，可是山羊却神秘地消失了，犹如它神秘地到来一样。我还记得当时的细节，我抱着山羊玩，它洁净如雪，有着青草的凉爽气息，它让我忘记了那些野草的果实，有那么一会儿，它还让我骑在它背上。我甚至想，骑着它周游世界多好啊。我这样说，是让你知道我一直跟山羊亲密无间地在一起。山羊的脖子上套着一个黑项圈，耀眼的洁白衬得黑异常夺目。一开始我就抓着黑项圈，生怕它逃脱。后来爸爸也来抓黑项圈，这样才好牵着它回去。也就是爸爸伸手去抓黑项圈的时候，山羊就倏然不见了。奇怪的是，一直抓着黑项圈的我，压根儿没有感觉到山羊的挣脱，它就像一阵风从我手里溜走了。后来我想，是不是我生出妄念——把山羊牵回家时，它就像风那样溜走了呢？而在我身旁的只不过是羊的虚假形象，或者，羊一直就是个虚妄的存在？

　　我对米琪说，好啊，这倒是个好主意。我朝羊走去时，心乱得厉害，我既希望当年的场景重现，又巴望与此相左，顺遂了米琪的心愿。揭开谜底的那一瞬间，我伸向黑项圈的手几乎抖颤了起来。我感到了黑项圈的沉重，也就是说，山羊并没有像风那样溜走，我牵住了它。而且，山羊乖乖地跟着我们回家。真是出乎意料啊。我有点怅然若失，那种不真实感又涌现在了心头。我不知道哪儿出了差错，这让我有点慌乱，有点措手不及。

我牵着山羊往来路走去，它走在我身旁，米琪则跟在后头。山羊咩咩地叫了起来，它的略带嘶哑的叫声在黄昏中显得格外动人。爸爸，我想让羊跟我睡，可以吗？米琪问我。我心不在焉地说，好啊，不知你妈同不同意。米琪很有把握地说，妈妈会同意的。这时，我们来到了河塘，很多蜻蜓在芦苇上空飞来飞去，在静谧的黄昏中，甚至能听到蜻蜓的羽翼摩擦空气发出来的嗤嗤声。米琪突然说，爸爸，羊呢？我低头一看，羊不见了，我手里握着空空的黑项圈。羊终于消失了，我喘了口气，心里悬着的石头一下落了地，变得异常轻松。

米琪伤心地哭泣起来。我安慰他，羊回到草地睡觉了，我们明天来还会看到它的。我知道我在撒谎，就像爸爸当年对我撒谎——爸爸其实已经知道羊不会再出现了，他奢想我睡一觉忘了羊，不再提起羊。爸爸的心境也是我此刻的心境。大人永远不可能了解孩子的内心，他们对孩子总是一厢情愿。第二天早上，米琪一起床就对我说起了羊，我并不觉得奇怪。我对米琪说，爸爸下午带你去。当然，我们下午去草地并没有找到羊。羊站立的坡顶空空如也。米琪神情懊丧，万念俱灰——像面镜子，照出了当年的我。

爸爸，羊会不会死了？米琪就这样脱口而出，我惊诧不已，他怎么也如当年的我说出同样的话？对于孩子来说，是不是消失就意味着死亡？我心痛地摩挲着米琪的脑袋，羊没有死，只是暂时离开了。我已经忘了，爸爸是不是当年也对我说过这样的话。在后来的日子里，爸爸每天都带我去找那只山羊。爸爸用傻瓜相机给我拍过一张令我印象深刻的照片：我在四处找羊，爸爸突然喊了我一声，我蓦然回首，就在那一刹那，爸爸拍下了我。照片洗出来后，我看到我眉头紧皱，满脸疑惑，充满了对世界的诘问。后来，爸爸和妈妈晚上带我去海子年雕塑，我渐渐淡忘了山羊。也可以说，海子牛替代了山羊——海子牛昂首奋蹄的样子像极了站在坡顶上咩咩叫的山羊。山羊是海子牛的缩小版。反过来说，海子牛是山羊的放大版。

跟我不同，虽然后来米琪还央我常带他去草地，但他不再寻找山羊了，他把自己当成了山羊，也就是说，扮演山羊，让我捉他，他在草地里跑来跑去，避免让我捉到他。我一直捉摸着这里面是不是有什么意味深长的东西。我想，该带米琪去海子牛雕塑了。

二十一

　　既然决定去养老院了，那么房子该如何处理，是卖掉，还是留着？庆生以不容商量的语气说，这还有必要讨论吗？当然是卖掉。爸爸搬进养老院了，房子干吗还要留着？房子就像人，会随着时间流逝而变老，那时就卖不出好价钱了。听庆生的，一不做二不休，把房子卖掉，不给自己留后路，死心塌地待在养老院里，既去之则安之。

　　发愁的是，那些藏书怎么处理。我虽说记性越来越差，丢三落四益发严重。但对书籍的记忆却历久弥新。无论时光怎样流逝，我都能清晰地记得我和书妍买每本书的情景——何时何地何店，那天的天气，路上碰到的哪位熟人，我甚至记得我们在书店柜台付款时营业员的表情。当我们回首过往岁月时，总觉得它是飘忽的，这种飘忽给我们带来虚幻感，就像分泌物随风而逝，不真实得仿佛一切都未曾经历过。但当你将视线投射到书籍上去并把它们打开时，你就不会这么看了。再也没有比书籍充当时间的载体更合适的了，你会觉得时间从来就不是抽象的，它无时无刻不扑面而来，尽管过去了很久。它是多么具体啊，具体到它的每个折页，具体到翻阅它时留下的每个指纹。

　　那些日子我整天待在书房里，将那些书籍一本本触摸过去。我对着一堆书籍席地而坐，逝去的时光犹如潮水一直在我身旁汹涌起伏。浏览读过的书，有种重新生活的感觉，心头忧伤四溢。有很多书是我和书妍为将来买的——将来我们有空了再读，将来我们退休了再读，将来我们去旅行时在路上读。不必把"美好"赋予将来，因为"将来"本身就是美好的，将来就是诗和远方啊。但书妍没有"将来"了，有很多留待"将来"的书只有我替她读了，可是，我蓦然发现我也没有"将来"了，我不能把这么多的未读之书搬到养老院去啊。

那么，只剩下两种处理方式：卖掉或是留给房子的新主人。但我很快就否定了——这两种处理方式都会殊途同归：它们会被送到废品收购站，最后变成造纸厂的纸浆。

书妍说过，书籍是有生命的，它既熔铸了写书人的生命，也熔铸了印书人的生命，还熔铸了读书人的生命。当你读一本书的时候，你的体温，你的思维，你与书中文字的交流，等等，这些生命气息就永远留存在书页上了。书妍总是对书充满了敬畏，读书前必净手。

我给县图书馆打了电话，说有很多很多书要送给他们。图书馆才是这些书籍最好的归属，只有让它们藏身在那儿，我才会安心。县图书馆馆长眼睛高度近视，近乎失明。这让我想到博尔赫斯。也许，一个称职的图书馆长，眼睛都是盲的。

图书馆长大喜过望，说要搞个隆重的捐书仪式，到时请分管文化的县领导出席。我说不必了，你们把书拉走就行。我叮嘱馆长，一定要保管好这些书。馆长说，这个你放心！我能从电话里听到他拍胸脯的声音。馆长又说，大隐隐于市，正如树林是保存树叶最妥的地方，图书馆是珍藏书籍最好的所在。

他们开了辆皮卡来拉书。为了表示对此事的重视，馆长亲自过来了。头发已经花白的馆长戴着墨镜。晚年的博尔赫斯也经常戴着墨镜。馆长是掘城的饱学之士，一生爱书如命。他拉着我的手连声说，大恩不言谢。他说，准备在图书馆腾出一个小屋，专门安置我捐的书籍。皮卡装来很多纸箱子，我失神落魄地看着他们将书装箱。当纸箱装满后，就用胶带封起来，往车上抬。馆长站在一边不停地提醒，小心，小心！仿佛在搬贵重的易碎品。

当最后一箱书搬上车，馆长握着我的手跟我告别，我差点瘫在了地上。皮卡发动了，轰隆轰隆的马达声就像我剧烈的心跳。当皮卡起步时，我有种皮肉被扯去的疼痛感，我撕心裂肺地喊了起来。

馆长从车上下来，问我，是不是后悔了？我难为情地点了点头。馆长宽容地笑了起来。馆长说，我了解你，我知道你嗜书如命，在你打电话给我，说要把你所有藏书都捐给图书馆时，我就有种不真实的感觉。这种不真实感一直伴随我到你家来，把书装车即将离去的那一刻。当我听到你撕裂般的喊叫时，那种不真实一下被褪去了，嗬嗬，你还原了现实。

被装箱的书又一一搬进我的书房，我有种被大赦的获救感。书被留下来了，我心里的一块石头也落了地。然而，那个无法解决的问题又浮现了出来：我不能把这么多的未读之书搬到养老院去啊。现在我想，我叫停装着书待发的皮卡的那一刹那，潜意识里就有了从养老院逃回家中的预谋。不过，对这一点我也很怀疑，我更愿意将此行为看作是本能，比如，所有的人都有求生的本能，即便是一个慷慨赴死的人，到最后的关头，也会做出求生的动作，尽管它细微得不易察觉。

117

不过这种说法也靠不住，我的藏书被搬到图书馆，并非死亡，只是换了一个地方。在那个地方，它们会获得新生，有何必要"求生"呢？说来说去，我还是舍不得它们离开我，我要厮守着它们，直到最后时刻。这么说，我还是有从养老院逃回来的打算？不为别的，就为了厮守它们。可是，可是，可是，如果是这样，那天晚上，我为什么把我的一些私人物品烧掉呢？我的私人物品，是指我的日记和手稿，它们同样是我生命的一部分，可是我却把它们一页一页撕在一只废弃的缸里烧了。它们被焚化成纸灰，在夜风中飞向虚空，消逝得无影无踪——想想倒挺有意思的，一边是象征着生命的书籍，一边是象征着死亡的纸灰，而我就置身在中间，我被夹在生与死之间。

可是，我留下了那些画，那些画在A4纸上的书妍的肖像。这些年来，我始终在用铅笔画一张脸孔，画书妍的面容。我画她的额头，画她的鼻子，画她安详的眉头，微微撅起的小巧的嘴唇，线条硬朗的下巴，清澈的大眼睛。有时，我一天画一张，有时，我一个月画一张，日积月累，装满了一纸箱。

还有几张未到期的银行储蓄单，银行窗口的柜员劝我到期再取，否则只能按活期算利息，会比定期利息少很多。我说，活期，定期，对我来说无所谓了。柜员纳闷地看了看我。我又办了张新卡，让柜员把那几张储蓄单上的钱都转到这张新卡上。

我去了青园路上的中投证券。多年以前，我经不住朋友的撺掇进了股市，从此厄运降临了。那时南方证券还没有被中投证券收购，就在人民路国防桥东侧的大楼里。我经常带庆生去炒股。说是炒股，其实就是像傻瓜那样盯着K线看，因为总是被套，极少有操作的机会。我买了只叫宁城老窖的股票，后来它变成了ST宁窖。在这个过程中，我的眼睛都亏绿了。

我让营业部的刘经理把我的股票都抛了。刘经理说，干嘛现在抛呢，等行情一好，股价就会上来的，现在抛股票等于割在了地板上。我说，我已经等不到行情好的那一天了。刘经理惊讶地问，费老伯这话是什么意思？我说，我就要去养老院了。刘经理"哦"了一声，想说什么，又不知说什么好，最后劝我还是放着，这跟去养老院并不矛盾。我说，我不会再来了，麻烦你帮我抛掉。刘经理犹豫地说，还是你本人操作吧。我知道他不愿做刽子手。

我是下不了手才让刘经理帮我操作的，现在已经这个时候了，还有什么忍心不忍心的呢？哀莫大于心死，说的就是这个意思吧？大户室里有台电脑空着，我坐到跟前，三下五除二，把我几个股票都割掉了。我把账上的钱悉数转到炒股卡上，又去建行把炒股卡上的钱转到我的新卡上。等庆生回来，我再给他。

　　我跟刘经理握手告辞。我以后再不会看到他了，他也不会再看到我了。刘经理是个好人，经常不厌其烦地为我解答股票上的问题。他送我到楼下，不停地说，来玩啊，来玩啊。我走出去老远，回头一看，刘经理还站在那儿朝我挥手。我默默地说，我就要到另一个世界去了，那个世界跟这个世界不在一个空间。如果把时间折叠成一本书，这个世界是封面，那个世界是封底。

二十二

　　我给米琪买回一盒积木。米琪和他母亲都没见过这玩竟儿，不知是干嘛的。我告诉他们，中国的孩子在童年时代都玩过积木。米琪着急地说，爸爸，快教教我怎么玩。我先没有教他，而是把一盒积木摊在桌子上，像洗牌那样全都搅乱，在米琪和他母亲好奇的目光注视下开始搭建。我小时候，很多时间都用来玩搭积木，它像一种烂熟于心的技艺，溶于你生命里了。我很快搭起了一座漂亮的塔，又很快搭起了一座巍峨的高楼。我恍惚觉得我成了神祇，捡回远去的时间，搭建了我的童年。

　　米琪不断惊呼，爸爸太厉害了。他也想搭个什么东西，却无法下手，又不甘心，急得满头大汗。劳莲也摩拳擦掌，跃跃欲试。我先教他们一个简单的搭法，他们很快学会了。接着，我又教他们一个稍复杂的。两个人费了点手脚才勉强学会。米琪让我教他搭高难度的塔。我告诉他，学任何东西都得从基础入手，循序渐进，反复练习，自然就熟能生巧了。中国有个俗语，万丈高楼平地起，说的就是这个意思。

　　他们并不知晓我给米琪买积木的真正用意。在我看来，积木既是米琪的玩具，也是在接下来发生的场景中的道具。所有的戏剧都是重现逝去的时光，而我在接下来的日子里所导演的戏剧，还将用到别的道具。道具太重要了，如果缺了道具，剧情不仅显得苍白僵硬，更重要的是不真实。

　　米琪和他母亲忙着玩积木，我去厨房准备晚餐。很快，劳莲也来了，亲爱的，我来帮你。如果不是非分开不可，劳莲须臾不会离开我。她爱我，而爱的真谛就是陪伴。她热爱上了中国饮食，喜欢晚餐吃粥、馒头和咸菜。我就是吃这些长大的。而在加拿大，她喜欢晚餐吃牛排。我相信，这种一百八十度的转变，是用感情做支点的。而用感情做支点，是能撬动一切的。

趁着劳莲在熬粥，我去卧室翻箱倒柜。当我终于找到天蓝色手帕和花围裙，真是喜出望外。我小时候经常看到妈妈头发上绾着一块天蓝色手帕，腰间束着花围裙，尤其在做家务活的时候。它们无疑是母亲当年用过的。

我把手帕绾在劳莲头发上，把花围裙束在她腰间，她去照了照镜子，回来喜盈盈地问，我是不是更美了？她把花围裙称作阿拉伯裙子。我夸她，简直比天仙还美。对她而言，"天仙"是个陌生的词汇，我会慢慢向她解释，但我不会告诉她，天蓝色手帕和花围裙也是道具。

米琪在他的小房间搭积木，劳莲在厨房里忙活，而我在用抹布拭擦着石凳石桌，就像爸爸当年那样，啊，剧情在顺利地发展着。

当黄昏来临时，劳莲把准备好的晚餐端出来。头发上绾着天蓝色手帕、腰间束着花围裙的她，宛若母亲再世。我刹时怔住了。如我所愿，我听到了来自时间深处的声音——劳莲像母亲当年那样，制造出碗碟与石桌相触的声响。当年母亲制造出这声响，是为了唤我出来吃饭，而劳莲制造这样的声响完全是出自本能，但我会让她明白这声响的意义。

我在等米琪从他的小房间跑出来，最好他也像我当年那样大声嚷着，开饭喽，开饭喽。但剧情并未朝着我预想的发展，而是中断了——米琪不会以为碗碟触碰石桌发出的声响是对他的召唤，而且他根本就充耳不闻，他全身心都扑在搭积木上了，无暇他顾。我起身去喊他出来吃晚餐。他依依不舍离开了那堆积木。我像导演对演员说戏那样对他说，以后听到碗碟的声响就要跑出来，一边跑一边喊，开饭喽，开饭喽。米琪一头雾水地问，爸爸，为什么要这样喊？我说，吃了晚餐我们就要去看大牛了，你对看大牛很兴奋，所以你会喊。

啊，看大牛，什么大牛？米琪一脸迷惘，如坠五里雾中。劳莲也探究地看着我。我说先吃晚餐，吃好了告诉你们。

让我想想，还有哪儿不对？哦，想起来了，当年我喊着"开饭喽"时，小花猫会一下跳到空着的石凳上，用它那双神秘莫测的眼睛注视着我们。小花猫也是道具，它的缺席让我感觉有点遗憾。我会尽快买一只小花猫回来。我要训练它，让它一听到米琪喊出的"开饭喽"，就能条件反射地跳到石凳上。

我们开始吃晚餐了。这时，从院子外的甬道上传来小贩的吆喝声——

五香螺儿，茶叶蛋

酒酿，酒酿，酒酿喽

老酵馒头，刚落笼的老酵馒头

臭豆腐，香喷喷的臭豆腐哎

……

听上去，音量、音色，韵律和节奏，跟当年那个吆喝的小贩如同一人。吆喝声打动了劳莲，她说这是中国的咏叹调，好听极了。而我想知道，时间究竟是流动的，还是凝固的、静止的？是我们对时间产生了错觉，还是时间迷惑了我们？在什么情况下，它给我们亦真亦假、如梦似幻的印象呢？

米琪像我当年那样吃得很快，三扒两扒就吃完了。米琪很聪明，很快就学会了用筷子。米琪一吃完就跑到他的房间去玩积木了，呵，剧情偏离了方向。我把他叫出来，跟爸爸去看大牛啊。劳莲急了，快告诉我们，大牛是怎么回事。我说，到了一个地方你们就明白了。

劳莲母子跟着我出了院子门，甬道上有人在散步。我们从滨东路口踏上范堤路，那儿散步的人更多了，也有跑步的，光着膀子，耳机线从绑在手臂的手机套里伸出来，塞进耳朵。不少人往海子牛雕塑方向跑，那也是我要带劳莲母子去的地方。

海子牛雕塑位于范堤路与人民路交汇处，方圆有两亩地。当初政府建造这座大理石海子牛雕塑，是希望掘城人民要像吃苦耐劳的海子牛那样不待扬鞭自奋蹄。围绕着雕塑圆形底座的，是一道冬青树篱。在树篱与雕塑底座之间，是一条五米宽的水泥甬道。傍晚来临的时候，居住在附近的人会来水泥甬道上，绕着雕塑底座转圈。

我们在路人的注目下，走完从滨东路口到海子牛雕塑这段路。又在众人的属目下拾级而上，登上雕塑圆形底座。很多人在绕着雕塑底座转圈，步速很快，要是从空中俯瞰，很像一个漩涡。我十分感慨，因为很多年前我5岁时，爸爸妈妈带我来此，也是如此景象。当年在这儿转圈的大人，很多应该离世了，而转圈的孩子都长成了大人，就像我，但不变的是"漩涡"。"漩涡"无疑象征了时间。

那时，我一进入这个"漩涡"就不由自主地加入了转圈的队伍。后来我想，是不是在时间面前我们只能束手就擒？此刻，我，劳莲，米琪都置身在了这个"漩涡"里了。我很紧张地观察着米琪，我担心他会游离于剧情之外。米琪犹疑了片刻，像是在考虑和斟酌，随即就跟着那些人跑起来，啊，他被时间吸进去了。出现了一个问题：当年，我是左手拉着父亲，右手拉着母亲，跟在那些人后面奔跑的。我这个苛刻的导演可不允许发生这个小差错。我叫住米琪，让他拉住我和劳莲。于是米琪转身回来，左手拉着我，右手拉着他母亲。

米琪跑得很快，我和劳莲不得不奔跑起来。当年我就是这样奔跑的，好像是故意使坏，让爸爸妈妈跑得上气不接下气。当年，这样的奔跑并没能持续多久就中止了，因为不断有人逆向而行，会发生碰撞的危险，而我又意犹未尽，所以，我将手从父亲和母亲手中抽回去，独自在人缝里穿行着。这种情况在时隔很多年后也发生了：米琪拉着我们刚转了半个圈，就碰到了不时逆行的人，米琪也像我那样，将手从我和他母亲的手中抽回去，继续奔跑（在人缝里穿行）。

劳莲想往前跑，意思是去追米琪。我却拉着她转身朝相反的方向跑。我说，当年爸爸和妈妈也是这样跑的，我们得步他们的后尘，这可是剧情的需要。劳莲懵里懵懂地看着我——我以后会向她解释的。当年，爸爸和妈妈朝相反的方向跑去，很快，他们就会迎面碰到我。我惊喜地叫了一声，咯咯笑着转身朝来的方向跑。爸爸说，我的小屁股在对面中国银行霓虹灯的光影里欢快地扭动着，显得可爱极了。

当年的场景会重现吗？就在我担心时，我看到米琪迎面跑了过来，他在人缝里左冲右突，十分亢奋。他看到我们时惊喜地叫了一声，咯咯笑着转身朝来的方向跑。谢天谢地，对面的中国银行——不可或缺的道具——还在，它门口的霓虹灯一如当年那样闪闪烁烁，而米琪的小屁股就像当年的我那样在光影里欢快地扭动着。啊，现在跟过去重叠起来了，眼前的一切模仿多年前的剧情，这是时间的奥秘吗？我惊呆了。

看到米琪往回撤，我也拉着劳莲向后转，这也是当年的剧情。很快，我们又碰到了米琪，就像当年爸爸妈妈往回跑，很快就碰到我一样。米琪再次发出欢快的叫声——像极了我当年叫声的回音——扭着小屁股往回跑。劳莲知道戏剧怎么演了，她拉着我也往回跑，于是又一次和米琪不期而遇。当然，米琪又一次惊喜地转身就跑。我对劳莲说，要是一直循环往复，这个游戏便会无休无止地做下去。我突然想起，当年爸爸也对妈妈说过这样的话。

米琪已经跑得汗流浃背了，可他还是不想停下来。我对他说，你就是当年的爸爸。劳莲除掉了他的短袖 T 恤，让他打着赤膊。再来啊，再来啊，米琪兴味盎然地说。我说，我们得转换剧情了。当然，劳莲和米琪都不明白我的意思。

捉迷藏，我说，我们来捉迷藏。当年，也是爸爸提议捉迷藏，换个玩法。即将到来的新游戏让米琪兴致高昂，爸爸，你捉我好吗？我指着冬青树篱说，你躲到里面去。当年，我也是躲到冬青树篱里让爸爸找的。其实，冬青树篱很稀疏，又流淌在马路上的车灯里，所以，爸爸和妈妈会很轻易找到我。为了不让我沮丧，为了让我高兴，爸爸和妈妈假装找不到我，在我离我不远的地方来回逡巡，爸爸不停地大惊小怪地说，庆生呢，庆生哪儿去了。冬青树篱的罅隙传出我吃吃的笑声，那是用力压制发出来的笑，那情形就像使劲地压着弹簧，试图将弹簧压弯，但弹簧的反作用力瓦解了压制它的力量。最后，我实在压制不了了，便呵呵大笑起来，就这样，我把自己暴露出来了。我当时还以为，要是我不大笑，爸爸妈妈将永远找不到我。有时，爸爸妈妈马虎地找了几遍后，故意显出不耐烦的神态，做出回家的样子。这时，我就会哇地一声大哭起来。爸爸急忙来到我的藏匿处，一把抱起我。我仍在哇哇大哭，爸爸却在哈哈大笑。父子俩发出的不同声音，构成了一段美妙的和弦。爸爸用胡须使劲蹭我的小脸蛋，于是我破涕为笑。

我没有把握将当年的这段剧情重现出来，我不知道时间的魔术师还能不能继续成全我，姑且试试了。

米琪钻进稀疏的冬青树篱里去了——它在冬天才会茂密。马路上的车灯也随着米琪钻进了冬青树篱。无论米琪躲得多隐秘，我们还是一眼就看到了他。眼看劳莲就要揭开谜底，我马上阻止了她。我拉着她离开了米琪躲藏的地方。我对她耳语，沉住气，我们要让米琪自己暴露出来。劳莲狐疑地看着我，她当然不明白我在演戏。

我说，你有办法让米琪自己暴露吗？劳莲两手一摊，做了个一筹莫展的表情。跟我学，我说。我学着爸爸当年在我躲藏的附近走来走去那样，我也在米琪藏身的地方附近走来走去，嘴中念念有词，米琪呢，米琪哪儿去了？劳莲一下就明白了我的用意，也跟着附和，米琪呢，米琪哪儿去了？

我们听到米琪吃吃的笑声，从冬青树篱里传出来。一听到那种从嗓子眼憋出来的破碎的笑，我就知道米琪在拼命克制，一如我当年那样。劳莲轻声问我，我们要不要让米琪现身？我说，沉住气，要让他自己现身。于是，我们继续在他的藏身处来回徘徊，唉声叹气道，米琪躲到哪儿去了，怎么这么难找啊？劳莲又把剧情推了一把，找不到算了，我们回家啦。米琪一下站了起来，呵呵大笑，我在这儿呢！

谢谢儿子，我感激地说。米琪想换个藏身处，再让我们找。劳莲却说，儿子啊，让妈妈躲起来，你和爸爸捉我。这话说得我差点掉下泪——当年妈妈也是这么说的。我还记得她的原话：儿子啊，我们换一下好吗，妈妈躲起来，你和爸爸捉我。我还记得接下来的场景：我扳着爸爸的腰，大声说，背过身去，让妈妈躲起来。爸爸听话地背过了身。我不仅背过了身，还闭上了眼睛。爸爸，快闭上眼，我命令爸爸。

米琪催促着说，妈妈，你快躲起来啊，好让我和爸爸捉你。米琪意识到下一步该怎么做，爸爸，我们转过去，再闭上眼睛。我很乖地照做了。米琪老是问，妈妈躲好了没有。又问我，妈妈怎么不回答啊。我笑道，傻孩子，妈妈要是回答，我们就知道妈妈藏身的地方了，游戏还有什么意思啊。

估摸劳莲藏好了，我和米琪转过身来。犹如当年的我那样，米琪蹲下来往冬青树篱里看，借助来来往往的车灯，米琪轻易地找到了妈妈——剧情到这儿无可挽回地中断了，因为，当年，我蹲下来，往冬青树篱里看时，并没有找到妈妈。那是我这辈子最悲伤的时刻。

二十三

　　在如今这个社会，把房子卖掉是一件轻而易举的事。范堤路上有很多房产中介。岂止是范堤路，掘城的每条路上都有房产中介。随着政府不断卖地，房产商大举进犯城市，房产中介就如雨后春笋般冒了出来。只要在那儿登个记，留下电话，房产中介就会跟你联系，此后来看房的买家络绎不绝。房屋买卖也要看缘份，只要你迎来那个有缘者，你的房子就毫无悬念地落入他手中了。在经过一番像锯木头那样锯过来锯过去的讨价还价，买卖就成交了。接着，买卖双方去办理过户手续，房款会打入你的银行账户。剩下来就该你卷铺盖走人了，你一步一回头，伤心欲绝。

　　还没等到我去中介公司登记，庆生就打电话告诉我，他已经把房产信息挂到掘城热线上了。庆生倒是热心，他巴不得房子尽快卖掉，这样我就能尽快搬到养老院去了。也许是看中了我的房子在底楼，又有一个小院子，很快，我就不断接到购房者的电话，要求我安排时间看房。庆生把详细地址也写上去了，有不少购房者不请自来，围着房子察看，不停地指指点点，想象房子到手后如何装修改造。这引起了我的强烈不满，我的抵触情绪就是在那时产生的。

　　为了让房子尽早脱手，庆生把房价定得比较低，这也是引来大批买者的原因。头一天就出现了这样的局面：有几个买家同时托着一叠定金递到我跟前，怎么看都像是卖身契。我说，对不起，房价我得更改一下。我报出一个数字，这个数字比庆生定的房价高出百分之十。那些人瞬间变脸，说你怎么出尔反尔，你这把年纪了，难道你不知人无诚信不立、家无诚信不和、业无诚信不兴、国无诚信不强的道理吗？

我解释说，挂在网上的价格，儿子没跟我商量，所以我必须更改一下。如果我拿了你们的定金后再更改房价，那就是荒谬的，为千夫所指。而事实完全相反，在拿你们定金前修改房价，这在道理上是说得过去的。

那些人不愿接受我重定的房价，悻悻而去。看着他们失望的背影，我获得了一种无法言说的快感。我希望所有的买家都在我定的比较高的房价前望而却步，这样房子就能永远保留下来了。但有一天一位不期而至的刘姓买家，铁定了心要买我的房子，看他那种顽强的架势，即便我把房价再提高百分之十，他也会全然不顾。我明白，与我房子有缘的主儿来了。

刘姓买家是个利索人，他把一张银行卡塞在我手里，说这里面是20万，过户那天我再把余款付清。话音还未落，这主儿便匆匆而去。此后电话不断，内容无一不是询问，我最多需要几天才能搬走。我心一横，牙一咬，卖就卖吧，把房子卖掉，我才能死心塌地待在养老院里，这难道不好吗？我在电话里对买家说，我搬走有个条件。我的话外音再明显不过了：除非满足我的这个条件，我才会搬走。连我都觉得太滑稽了，从我拿了他20万的定金起，我就不是严格意义上的房子主人了，我还有什么资格说这话呢？

我说，你要保管好我的每本书。我以为对方会哈哈大笑，但我听到的却是他严肃的话语——我曾经也是读书之人，你老放心，我会爱惜你的每本书的。

我很感激对方这样说，我相信他所言不虚。事已至此，等于生米煮成熟饭了。我说，事不宜迟，我明天就搬走。我早就想好了，把一两本非读不可的书、笔记本、几件衣物和别的用品装进庆生的那只特大号行李箱，拖着就走。越简单越好，赤条条来，赤条条去，带不来一丝尘土，带不走半片云彩，这才是奔赴养老院应有的样子。

那天晚上，我陷入了离别的痛楚——我就要从这个家搬出去了，我感到一种被生生撕开，打断骨头连着筋的痛楚。家是什么？字典上说，家的本义是屋内，住所。字典上又说，家是温暖的地方，是可以供人遮风挡雨的地方。而我觉得家其实就是你身体的一部分，你的身体和家连在一起才是完整的，从而构成一个完整的人生。我与书妍、庆生共度的时光，我独处的时光，都满满地囤积在这个家里。你可以向你生活过的城市告别，但你却无法向那些时光告别。

我不同意字典上的说法——家是住所。应该加上一个定语：家是爱的住所。你其实不是生活一个住所里，而是生活在爱里。如果你没有住所，但你有爱，那你也可以称得上是有家的人。我和书妍刚结婚时，居无定所。书妍问我，什么时候才有我们自己的家啊？我说，我们不是有家了吗？在我们相恋的那一刻，我们就有家了。后来我们以按揭贷款的方式，在滨东小区买了一套带院子的底楼。书妍闲暇时喜欢莳花弄草，将小院子收拾得花团锦簇。因为是两居室，书妍平时就在厨房写诗。她告诉我，有个叫门罗的加拿大女作家，她的所有作品都是在厨房里完成的。书妍在长条形餐桌上铺了一块色彩斑斓的桌布，造型别致的吊灯从头顶直垂而下，黄色的柔和灯光倾泻在稿纸上，暖乎乎地照在那些被称为诗的文字上。

买下这套房子后，书妍对我说，以前，我们的爱是飘零的，现在我们终于有了一个可以储存它的地方了。有一次，她问我，爱是什么？我想了想说，爱不是卿卿我我，也不是死去活来，爱是心照不宣的默契，是心心相印的缱绻，是无伤大雅的争吵。这不是我杜撰出来的，而是依据我和书妍生活的蓝本给"爱"下的定义。书妍不说话，眼泪扑簌簌往下掉。那以后不久，她就弃我和庆生抽身而去。现在我明白，那时她也在经历着和我一样的剥离之痛。实际上，她是被这痛推出去了。

书妍虽然不在了，但她的身影留下来了，她的气息留下来了，她说话的声音留下来了，在很多寂寞的午后，我坐在沙发上读一本书，我真切地听到一阵窸窸窣窣的声音，我看到穿着长裙书妍的走进来了，那窸窸窣窣的声音，正是裙裾拖在地板上发出来的。她挨着我坐下来，手里拿着一本纪伯伦的《沙与沫》。我们低着头阅读各自手上的书，偶尔，我抬起头来瞧她一眼，她也会抬头看我。我们相视一笑，然后又埋首书本。一个下午就这样过去了，我的心境特别安详。

有时，我在午睡时，会感觉到窗帘的拂动，蹑手蹑脚的脚步声由远而近，书妍细微的鼻息声，就在床头。我下意识地伸过手去，让书妍握着，我又安逸地睡着了。奇怪的是，我很少梦到书妍，但我却经常能在梦境里清晰地听到她的说话声。我蓦然惊醒，她的声音犹在耳边。我知道，这是她遗留下来的声音在时间深处的回响。那时我想，它将会永远弥漫在这座房子里，陪伴过度过余生。

我们留恋一个地方，其实是留恋发生在这个地方的美好记忆。同样，我留恋这个家，也是留恋发生在这个家里的美好记忆。记忆，说穿了，就是我们生命的载体。如果失去了记忆，我们的生命将会无所依附。而一个老年人的记忆和一个年轻人的记忆肯定是不同的。年轻人的记忆会跟他们的身体一样结实和强壮，只要愿意，他们会在任何时间和地点进入记忆。而老年人的记忆也像他们的身体一样，疏离，老朽，衰败，需要借助于媒质才能走进去。对于垂垂老矣的我来说，这个家就是我记忆的媒质，我必须依靠这个家，才能走进记忆。对于我来说，走进记忆就是获得生命的存在感，就是我活在这个世上的依托。要是我离开了这个家，那就意味着我失去了那些美好的记忆，我最终会变成一具行尸走肉。

我靠记忆活在这个世上。记忆是我的遮风挡雨的屋宇。书妍的突然消失带给我多大的伤痛啊，我的生命因此完全陷落了，而拯救我的就是记忆——我对书妍的记忆，它让我产生美丽的错觉：书妍并没有离开我，她只是躲在哪儿，跟我玩捉迷藏的游戏。在很长的一段时间里，我并不急于找到她，只要知道她存在，我就心安了。

很多年前，庆生去南京读大学，我到车站送他。当大巴驶离的那一刻，我心如剜一屁股坐在了地上。那些日子，空落落的感觉折磨得我无法入睡，我整夜整夜在客厅走来走去，把自己折腾得身倦神疲，才能倒在床上眯一阵子。我在客厅走来走去，实际上就是行走在对庆生往昔生活回忆的道路上。我在这条道路上回溯，直到尽头，然后又转身往回走。这是一条很短的路，又是一条很长的路。我无意中发现，我在客厅行走的路线，正是庆生小时候骑着三轮童车行驶的路径。它们在多年后不经意间重叠了。我记得，庆生总是将三轮童车骑得像哪吒的风火轮那样风生水起。这孩子很聪明，他知道对角线能最大限度地利用客厅的面积。他从客厅的这个角，骑到对面的那个角，这正是此刻我行走的路线。

我把三轮童车找出来了，它被塑料纸包裹得严严实实。我拆开后发现，它洁净如初，并未蒙上时间的灰尘。我模仿当年的小庆生，试图跨进车座。可是我太臃肿了，根本坐不进去，于是我便俯身握着车龙头，沿着客厅的对角线，乐此不疲地来回行走。就像电影里的淡化镜头，我感觉我身影由清晰明亮逐渐变得模糊黯淡——替代我的是小庆生，此刻他就坐在车子里使劲蹬着，而我只是个旁观者。不知不觉，一个充实而宁静的下午，就在一场游戏中过去了。这是我与记忆做的游戏，我喜欢这个温馨的游戏，它能平复我的忧伤，使我不再觉得孤独寂寞。

我从一只纸箱里找到庆生小时候玩过的悠悠球。让我惊奇的是，细绳仍完好地缠绑在轴心上。我握住线头时，悠悠球自上而下倏地滑落下去，就像是悠悠岁月被打开了。

当年，小庆生能娴熟地玩很多花样，可我一个花样都不会，要是当时跟小庆生学一招多好啊。不过我发现，只要抖动悠悠球，它就会自动将绳线卷起来。再抖动一下，它又滑落下去。再一抖，它又卷了上来。既有趣，又神奇，我玩着玩着就沉进去了。这是我跟记忆做的另一个游戏。我又度过了一个充实而宁静的下午。

我又从纸箱里取出一把木刀。这还是我去平遥古城旅游给庆生买的。小时候的庆生就喜欢刀啊枪的。那次我还给他买了全套的微型版铜铸十八般兵器：刀、枪、剑、戟、斧、钺、钩、叉、鞭、锏、锤、戈、镋、棍……不过，小庆生平时摆弄得最多的就是那把木刀。他模仿电视里的古代武士，将木刀舞得呼呼生风，看上去真像那么回事。我笔记本电脑的桌面，就是小庆生舞木刀的照片。我常想，要是送小庆生去少林寺习武，说不定现在成了名扬天下的武林高手了。

木刀操于手上，时光瞬间倒流。我像小庆生那样舞动起来。真的很奇怪，就像我推着三轮童车在客厅走来走去那样，电影里的淡化镜头又一次出现了：我舞刀的身影由清晰明亮变得模糊黯淡，而记忆中小庆生的身影，却由模糊变得清晰，他走过来，接过我手中的木刀，快意地舞动起来。他一边舞，一边咯咯地笑着，而我则在一旁拍手喝彩。我把这个场景拍下来了，后来成了我笔记本电脑桌面的背景照片。

有件事我得记下来，我的心灵至今仍被它折磨，我至今都自责并且痛悔——

庆生上四年级时，迷上了电视，晚上我散步回来，他作业还没写到一半。我对他说，并不是不让你看电视，要做好作业才能看。庆生很委屈，认为我冤枉了他。有天晚上，我故意散步很晚回来，庆生的作业还没完成。我说，你肯定看电视了。庆生一边摇头，一边做出认真写作业的架势。我又重复了一遍，你肯定看电视了。言外之意是，只要你承认看电视，这事就算过去了。庆生不服，语气咄咄逼人：爸爸凭什么说我看了？

　　要是在以前，我就让事情到此为止了，毛线团，越扯越乱。可是那天晚上，我不知哪来的火气，跟庆生较上了劲。要找到证据太容易了，我将庆生的小手按在电视机后背上，问他，什么感觉？庆生装聋作哑直摇头。我有点生气，问他，电视机是不是发烫？庆生不说话了。我继续说，电视机发烫就说明你刚才看了。我希望庆生承认一下，这样我的气就消了。但他还是装聋作哑地摇头。我想再给他一次机会，我尽量心平气和地说，你刚才是不是趁爸爸出去散步偷看电视了？庆生就驴下坡还来得及，可这孩子仍然认不清形势，顽固不化，还是一个劲地摇头，仿佛只要不停地摇头，就能把事实涂抹掉。这小子不知道，他的小脑袋其实就是蒲扇，这蒲扇不停地扇，把我心头火越扇越旺。

　　出去！我喝斥道。声音之高，庆生吓了一跳，我也吓了一跳。庆生不出去，我就抓起他胳膊往外拽。他弓起腰，拼命往后退，结果还是被我拽得跌跌冲冲往前跑。我用力太狠了（我为什么要这样对付一个孩子？），哪里是拽啊，简直在拖。经过屋门时，他伸手去抓门框，可还没摸到门框，就被我拖出去了。我拖着他穿过院子，来到院子门。我打开防盗门时，庆生又去抓门框，这次他成功了，不过根本不起作用，我将防盗门往外踹，轻而易举地将他推出去了。

　　天知道我哪来那么大的力气，庆生被我推出足有一丈远，跌在地上。他很快爬起来，这时我已经把防盗门从里面锁上了。庆生拍着防盗门，央求我打开。我从防盗门铁栅栏的空隙里伸出手，一个劲推庆生。我恶狠狠吼着，你走吧，永远不要回来！

　　庆生紧抓着铁栅栏不走，他哭起来了。我一不做二不休，拉开防盗门，将庆生往甬道上拖，你走吧，你走吧，永远不要回来！我扔下他，一个人往回走。我以为他会跟在我身后，可我并没有听到他的脚步声。我跨进院门时，朝身后瞥了一眼。我看到这孩子孤零零地站在甬道上，淡淡的月色下，他的身影多么瘦小，那一刻我心如刀绞。我往回走时，其实是希望他跟在我身后，可是他却站在那儿，一动不动。

我穿过院子进了家门，可是我不知道接下来要干什么了，我坐卧不安，侧耳凝听。那一刻我是多么希望门铃响起啊，我会一边嚷着"来了，来了"，一边踏着铃声跑过去开门。是的，如果这时庆生真的按响了门铃，我会风驰电掣般跑去开门，我会拍拍庆生的脑袋，好像什么事都没发生。可是，门铃一直没有响起，我又等了一会儿，就再也忍不住冲了出去，透过防盗门的铁栅栏朝甬道张望。我以为庆生还站在那儿，但甬道上根本没有他的身影。我惊慌起来，正想出去找他，却看到他坐在院门外的水泥地上，他歪斜着靠在墙上，已经睡着了。

我抱他起来，拥在怀里，痛如刀绞。我低头亲他冰凉的小脸蛋，我坚硬的胡须戳醒了他。他惺忪着眼，两只手抱住我脖子，迷迷糊糊地叫了声"爸爸"，一下子把我眼泪叫下来了。接着，他又迷迷糊糊地说，以后，我再也不看电视了，不再让爸爸生气了。这孩子困极了，枕在我胳膊上睡着了。

我一直无法从这段记忆中走出来。我为什么那样不近人情？我为什么那么气急败坏？我为什么残忍如暴君？写作业就那么重要吗？即便考个满分，比起我给孩子心里留下的创伤，又算得了什么？

啊，在这个家里，这座房子里储存着多少难以忘怀的记忆啊——我跟庆生的，我跟书妍的。它们早已融进了我身体里，我能割弃它们吗？

翌日早上，院门被人叩响。原来是那位刘姓买家，他开车来接我去办过户手续。我不得不告诉他，我后悔了。我请求他的原谅。我把那张银行卡还给他。我对他说，无论你说什么难听的话，我都

重现的时光

134

能接受。刘姓买家是个很好的人，他并没有口出怨言，只是接过银行卡，转身默默走了。当天他又打电话给我，说要是我哪天还想卖房，务必第一时间跟他联系。他是给乡下母亲买的，一个带院子的底楼最适合乡下老太居住。

二十四

　　我声音低缓地给劳莲和米琪讲了那个悲伤的故事：

　　那时，我也像米琪蹲下来往冬青树篱里察看。冬青树篱上面叶子繁茂，但树根却是光秃秃的，所以蹲下来很容易就能找到藏身的人。可是我没找到母亲，我朝台阶冲去，那儿有个供行人上下的缺口，围绕着海子牛雕塑圆形底座甬道的冬青树篱，在那儿断裂了，我想以拉网的方式，从冬青树篱的一端搜寻到另一端。冬青树篱的外面就是车辆川流不息的环形马路，车灯的光亮穿透了树篱的每条缝隙，我以为一路观察过去，就能找到躲在里面的母亲。

　　我猫腰沿着水泥甬道的边缘往前挪步，眼睛一眨不眨地窥视着树篱，而爸爸跟在我身后亦步亦趋，期待我高声欢呼，找到了，找到妈妈了！爸爸将会看到我钻进树篱，一把拉出躲在里面的妈妈。可是我从起点找到终点（也是起点）却没有找到母亲。我失望地站在那个缺口里，哭丧着脸，闷闷不乐。爸爸抱起我来，安慰我。爸爸说，怎么会找不到呢，妈妈肯定躲在树里面，来，我和你一起找。

　　爸爸和我开始从头找起。我们俯身弯腰，沿着水泥甬道缓行，眼睛在冬青树丛里搜寻。当我们转了一圈，又回到终点时，还是没有发现妈妈的一点影子。爸爸对我说，妈妈自作主张提前结束了捉迷藏游戏，从冬青树篱里出去了。或者，妈妈根本没有躲进冬青树篱，她趁我们背过身去时，悄悄溜掉了。我无法接受这个现实，我满头满脸的汗水，像刚从水里捞上来似的。

　　可是爸爸并不着急，爸爸说，妈妈可能去公厕了，或者到哪个超市买东西了，我们现在要做的，就是等妈妈回来。我急于找到妈妈，又和爸爸找了一遍，当然还是没有找到。我快要哭了，我说妈妈找不到了。这是我说话的方式，我总是将宾语放在谓语的前头，即使长大了，也没改过来。

我和爸爸坐在清凉的台阶上，爸爸用手擦着我脸上的汗。爸爸说，妈妈会来找我们的，我们就坐在这儿等妈妈来找我们。为了分散我的注意力，爸爸给我讲了《半夜鸡叫》。这是他们那个时代的故事，早就成了文物了，我根本不感兴趣。可我还是很乖地听完这个故事，我心疼爸爸，我要制造出一个假象，让爸爸相信我沉浸在这个故事里。在爸爸讲述的过程中，我趴在他膝盖上，抬着头，假装着急地问，后来呢？后来呢？让爸爸以为我迷上了这个故事。

爸爸把我抱在怀里，用面颊蹭我脸上的汗。爸爸脸上也有很多汗，爸爸在蹭我脸时，也把他脸上的汗蹭到我脸上了。我和爸爸的汗流到了一起。爸爸又给我讲了《葫芦娃》，我听完这个故事，又对爸爸说，妈妈找不到了。爸爸不接我的话茬，又讲了《神笔马良》。尽管爸爸讲得津津有味，我还是提不起精神。我趴在爸爸膝盖上不起来，我把脸贴在爸爸的腿上说，妈妈找不到了。爸爸还是说，妈妈会来找我们的，再等等到。我再次强调，妈妈找不到了。

但爸爸还是说，妈妈会来找我们的。我为爸爸不听我话而急得哭了。我有种神奇的直觉，认为妈妈永远找不到了。我的脸紧紧贴在爸爸的腿上，爸爸试图将我的脑袋扳起来。我使劲跟他拗着，最终我没拗过他。爸爸说，庆生，乖孩子，不哭，妈妈会来找我们的。直到那时，爸爸还是固执地认为妈妈会来找我们的。我愤怒地叫起来，妈妈不会来找我们了！谁知爸爸却笑了起来，妈妈最爱我们了，她怎么不会来找我们呢？她不来找我们，能去哪儿呢？

无论爸爸怎么哄，都哄不住我。我一直在哭着说，妈妈不会来找我们了。后来，在雕塑底座绕圈子的人都陆续回家了，马路上刮起了夜风，纸屑、泥尘和方便兜在风中起舞。爸爸想给我穿上 T 恤，可一时无处找寻。爸爸想起来了，是妈妈给我脱的 T 恤，衣服肯定在妈妈手上。爸爸想脱下他的 T 恤给我穿，可我发现我的白底蓝格的 T 恤，就摆在近在咫尺的台阶扶手上，叠得整整齐齐的。

爸爸说，妈妈没来找我们，只有一种可能，就是妈妈已经回家了。可是妈妈为什么不辞而别呢？爸爸说，妈妈不习惯上公厕，况且附近也没有公厕，妈妈肯定回家上厕所了。爸爸说，妈妈正在家里焦急地等我们回去呢。爸爸背着我大步流星往家赶。

爸爸按响了院子门的门铃。我透过铁栅栏的缝隙看着拉上窗帘的窗户，我多希望随着门铃响起，窗帘上会有人影晃动一下。可是窗帘上没有一丝动静，我大声喊着"妈妈"，我听出了我声音里的惊慌失措。楼上有人打开窗户，又很快关上了。爸爸掏出钥匙，打开院门。窗帘终于闪动了一下，小花猫轻柔地叫了一声，从屋内跑出来，在我脚踝上擦来擦去。

妈妈不在家里。我到处找，甚至钻到床底下找，当然，我没有找到妈妈。（爸爸在《养老院手记》里是这样记述的：书妍不在家里，我像挨了一闷棍。我突然想到书妍写在纸条上的句子——你的肉体只是时光／它将乘着夜的翅膀／随风而逝。我搂着庆生躺在床上，一夜没合眼，黎明时分，我终于困了。我梦到一个白色的身影，像羽毛那样在我眼前飘来飘去。每次我都伸手抓住了它，但张开手掌，里面却空空如也。我在一片轻微的窸窣声中醒来，晨风不停地拂动落地窗帘，像穿着长裙的人体，不断地扭来扭去。我以为书妍就躲在窗帘里，她将捉迷藏的游戏移到了家里。这个想法像锥子猛刺了我一下，我跳下床，闪电般扑过去，掀开窗帘。窗帘里什么也没有。书妍一夜未归，也许她再也不会回来了。我翻来覆去想着书妍消失这件事。书妍不可能被绑架，也不可能遭遇交通事故，否则早有消息传来。不知为什么，我总觉得书妍故意隐匿了自己，她在玩一个永远不可能被我们找到的捉迷藏游戏。那么，她为什么要这样做？只要找到了这个答案，就能找到她了。她不可能就这么无缘无故地躲藏起来的，总会留下什么痕迹，而这个痕迹就是她隐匿的理由。我把家里翻了底朝天，试图找出"诀别书"之类的片言只语，以她"每事必有交待"的性格，她一定会留下这类文字，但是什么也没找到。我将目光投向餐厅，投向那张长条形餐桌，这些年来她趴在这张餐桌上写下了多少诗啊。她诗中的每个方块字，都是她抵御时间的堡垒，而她每天都躲在这些堡垒里。她不再在乎发表不发表了，只要每天写几行方块字，够她躲藏就行了。每写完一本诗稿，她就摆放在书橱里，答案会不会就藏在那些诗稿里？我一本本翻阅她的诗稿，很耐心地读她的每首诗。她的诗晦涩难懂，读她的诗简直是一种折磨。比如，她的一首诗这样写：这是一件非常奇怪的事情／仿佛在我降世的许多年前／他已经以某种方式／等待我／并同样以某种方式／创造生活。"非常奇怪的事情"指什么？"他"是谁？"创造生活"，创造怎样的生活？我费尽思量，却毫无头绪。随着阅读的深入，我发现书妍的每首诗都是一个谜，或者说是一座迷宫。也许，答案就深陷在迷宫里？我硬着头皮继续往下读。）我说到这里时，劳莲心急如焚地问我，后来呢？找到妈妈了吗？

　　我摇了摇头。我告诉她，爸爸在妈妈的诗稿里发现了一张掘城人民医院的诊断书。劳莲问我，CA（"癌症"的简称）？我点了点头。接下来，我和劳莲都沉默无言。米琪趴在我膝盖上睡着了。我抱起他来，和劳莲一起走下台阶。起风了，纸屑、泥尘和方便兜在风中起舞。我仿佛又回到多年前的那个晚上，那些纸屑、泥尘和方便兜也是多年前的，只不过它们被风从时间深处吹了出来。（我一遍又一遍地看着寥寥的两行字，一直看到眼睛发黑，跌坐在地上。我设想了无数个书妍藏匿的理由，唯独没有想到这个理由。是的，她再也不会回来了，她将躲藏在某个地方，一个人悄悄地死去。她是一个将体面看得比什么都重要的人。也许在她看来，一个人悄悄地死，不让任何人看到她被痛苦扭歪了面容，不让任何人看到她最后枯槁腐朽的身体，不让任何人听到她绝望凄惨的哀叫，是最体面的死法）。

在回家的路上，我继续对劳莲讲述。

妈妈消失后，爸爸还是在黄昏时分带我去海子牛雕塑。像往常一样，有很多人绕着雕塑底座的水泥甬道转圈。就像你今晚看到的，我不知道你是怎么想的，也许在你眼里，这些中国人并非仅仅是在转圈，他们其实是在望弥撒？我没有加入转圈的队伍，我对此已经没兴趣了。我一直蹲在冬青树篱前，伸着头往里窥看。尽管我知道妈妈根本不在里面，但我还是这样做。这成了我的宗教——我每天黄昏都跟着爸爸去海子牛雕塑，然后我就像个木头人蹲在冬青树篱前。

两年后，我上一年级，结识了新伙伴，放学回来就忙着写作业，一遍又一遍地背诵：鹅／鹅／鹅／曲颈向天歌／白毛浮绿水／红掌拨清波。我好像把妈妈忘了。读中学时，我每天疲惫地挣扎在作业堆里，连夜里的梦呓都是代数题。也许，母亲的最后一点影子已经完全从我的记忆里删除了。

十多年后，我去南京读大学，爸爸到车站送我。我把行李箱放进大巴车的肚子里，回过身来突然对爸爸说，妈妈再也不会回来了。爸爸整个人都僵在那里，好像无法动弹了，眼睁睁地看着我上了车。我的脸贴着车窗，脸上流淌着泪水。我想看看爸爸，可是爸爸越来越模糊了。爸爸追大巴，腿刚抬起，就一屁股坐在地上了。

我总觉得妈妈并没有离开我们，她并没有去别的地方，她就躲在掘城某个隐秘的地方。我能感觉到她每天晚上都会悲欣交集地回家，只不过她再也不会跟我和爸爸照面了。有时夜里我突然醒了，会听到窗外传来轻微的声响，像极了一个人蹑手蹑脚走路的声音。

有时，这个人无意中踩到一块瓦片，瓦片的断裂声就像一根琴弦的断裂那样发出"嘎"的一声，然后余音袅袅，最后倏地戛然而止，一切又归于寂静，那种虚无般的寂静。我凝神观望窗帘，我多希望上面能映出妈妈的身影啊。我时刻准备跳下床冲出去抱住妈妈。可是，窗帘从未出现过妈妈的身影，或许，她只在我睡着的时候回家。有时，我起身下床，撩开窗帘。窗外月光如华，清亮似水，露珠在兰花颀长的叶子上闪出晶莹光泽，一阵风吹来，露珠滚落地面，发出嘀嗒之声。我站在窗前，期待着妈妈回来。

也许，窗外的那种轻微声响来自于我的幻觉，"我总觉得妈妈并没有离开我们"其实是我的一厢情愿，而"她每天晚上都会悲欣交集地回家"不过是我的自欺欺人。真实情况应该是，妈妈从海子牛雕塑消失后，就已经远走天涯。她会在一个荒凉无人烟处苦捱时日，最后孤独死去。

劳莲挽住我，轻声地用中文呼唤着，妈妈，妈妈，妈妈。后来她就泣不成声了。

二十五

　　搬到养老院去之前，我想再看一眼我生活了多年的掘城，就算作个告别吧——最后的告别。养老院和掘城是两个不同意义的世界，告别了后者就再无可能回来了，应该说"诀别"更准确。但是我一直没有想好将"诀别"安排在哪一天，肯定是要选择一个阳光灿烂的好天。天气会直接影响人的心情，天好，人的心情也会好，这多少会为我悲凉的心境增添些许亮色。可是当好天气降临时，我又对自己说，我还没准备好呢。是的，对某个人或某个事物进行告别是需要准备的，更何况是诀别呢？直到有一天，我在范堤路上踯躅徘徊，我才意识到，我的诀别开始了。

　　啊，范堤路。从我住到滨东小区，我就无法与范堤路分开了，我从外面回家要走它，从家里出来去外面要走它。它已经楔在我生命里了。除了家里，范堤路是留下书妍和庆生身影最多的地方。在那些弥足珍贵的岁月，我们三个人总是沿着范堤路散步，去海子牛雕塑，到烟墩桥买菜，或者到商店购物。也许，每个人的一生都有一条路与之紧密相连，就像脐带一样。

　　我先来到滨东路口对过的雨果音像店。我已经很久没有来了。我记得，它是一个叫汪益民的诗人开的，所以他取"雨果"这个超凡脱俗的店名，就不足为怪了。后来我知道，他为他幼小的儿子也取了这个名字。可能他偏爱这位伟大的欧洲作家吧。庆生小时候，我经常带他到该店来租奥特曼碟片。那个叫雨果的孩子比庆生小很多，总是围着庆生哥哥长哥哥短地叫，而庆生却害臊得满脸通红。

印象中，雨果音像店四面墙壁的架子上摆满了各种碟片，嵌在天花板里的喇叭整天播放着流行音乐。但我进去时却发现碟片已经所剩无几，如今主要经营各类补品，比如深海鱼油之类的——它有什么象征性？该死，我总是追寻每件东西的象征意义。如果硬要探出个意义来，只能说音乐碟片和补品都是人体所必须的。当人体不再需要音乐时，那么补品就及时跟上。

　　店堂静谧无声，一个皮肤白皙，戴眼镜的年轻人正在手机上打游戏。听到脚步声，他抬起头来，茫然地看着我。我说，你是雨果吧？他投以一个"你是怎么知道"的微笑。物非人也非，我不知道说什么，慌忙退了出来。

　　对面是商校浴场，一家收费低廉，设施简陋的大众化浴室，以前，我经常带小庆生来洗澡。现在是早上，浴室不营业，大门紧闭，但我站在门前似乎听到哗哗的水流声，我看到我站在淋蓬头下，水流像瀑布冲在我一丝不挂的身上。我看到小庆生在盥洗台前玩得正欢，他不是为了洗澡而是为了玩才缠着我到浴室来的，他一会儿把牙膏挤在牙刷上，一会儿捣咕电吹风，一会儿用梳子梳头。我记得盥洗台的镜子上方有一幅彩色瓷画，一个裸体少女手托一只紫色陶罐，那陶罐恰好遮住了她的丰满的乳房，她清纯，羞怯，含情脉脉。

　　往北是姜英理发店，我一直在这儿理发。理发店开张时，姜英还是个小姑娘，如今也是半老徐娘了。费爷爷早啊，她站在门口跟我打招呼。我心里一阵酸楚，脱口而出：我要去养老院了。我不知道我为什么要告诉她。那天，我不仅想告诉这个叫姜英的理发女人，我还想告诉所有人：我要去养老院了。我要让天下所有人都知道，我要去养老院了。

　　姜英脸上的笑好像僵住了，问我，您上次来理发怎么没说？我说，才决定的。姜英说，我再给您理一次发吧。我说，不用，头发还没长长呢。姜英说，那我给您洗个头。姜英洗得比往常仔细，轻柔地抓挠着我的头发。洗完了，她又按摩我的头皮。也许她第一次花这么长时间给一位老年顾客洗头。她不肯收我钱，送我到门外，连声说再见。我也说再见。我知道，我再也见不到她了，她也不会再见到我了。

我来到了油米厂桥下的虾籽烧饼店。每天早上，去烟墩桥买菜，路过这儿都要买一个烧饼，再要一碗豆腐脑。小宋老板甚至给我安排了专座，此刻他正在烧饼炉前忙活。费老，里面请。我进去，坐在我的专座上。我边上坐着一个沉默寡言的老头，他是小宋老板的父亲，老宋老板。他的目光越过店堂，投向空茫的远处。多年前他正当盛年，打着赤膊站在炉子前贴烧饼，看到我就说，老费啊进来坐。如今，他用空洞的目光打量我，形同路人。

小宋老板把刚出炉的烧饼端过来，又让人舀了一碗豆腐脑。我咬一口烧饼，就着豆腐脑慢嚼细咽——我再也不能来此享口舌之福了。其实，一个人是活在味道中的，一个人衰老的过程，是与日常生活中各种美妙的味道清算的过程。我花了很长时间才吃完一只烧饼，我对小宋老板说，再给我做十个，我要打包带回家。小宋老板说，烧饼冷了不好吃，到店里来吃多好。我本来可以不接他的话茬，但我还是忍不住说，我以后不来吃烧饼了。小宋老板问，您要出门吗？我说，我要出远门，很远很远的远门。

我说这话时，眼泪都快出来了。小宋老板很用心地做了十只烧饼，每只烧饼都装在印有口气很大的广告语——东方披萨——的纸袋里，又一起装在方便兜里交给我。小宋老板说，等你回来吃烧饼啊。我把"我再也不会来了，我要去养老院了"强咽回去。我对自己充满了鄙视：你为什么要让别人怜悯你？

我什么也没说，拎着方便兜走了出去。又诀别了一个留有我生命印迹的地方，说不出是沉重还是轻松。我去了烟墩桥菜市场，它与虾籽烧饼店一河之隔，过了油米厂桥左拐便是。因为经常光顾这儿，我跟菜贩们都混熟了。我第一次来买菜时，他们都很年轻，现在都成了老头了。我在菜场里转悠了十分钟，拿出一包烟，一支支发给我经常与之打交道的摊贩，比如，卖豆腐的老赵、卖肉的老吴、卖海鲜的老秦、卖河鱼的老刘、卖鸡蛋的老韩、卖卤菜的老许、卖蔬菜的老蒋、卖生姜的老钱。我没有告诉他们我要去养老院。他们接过烟就夹在耳朵上，接着忙手上的生意，顾不上跟我说话。他们不会想到我，得过了很久，他们才会在茶余饭后，心里嘀咕一下，怎么费老头不来买菜了？

烟墩桥菜市场对面是茶花路，这是一条呈 L 形的不算宽敞的水泥道。当我走在上面来到 L 的转折点时，我才意识到原来我是想来烈士陵园看看。现在已经无法看到烈士陵园以前的样子了。以前，烈士陵园四周有高大结实的围墙，从大门进出。那时，掘城没有公园，人们将烈士陵园权当公园，五毛钱买张票，进去转一圈。陵园内除了巍峨耸立的烈士纪念塔，还有亭台楼阁，各种姹紫嫣红的花木，尤以雪松为多。有一阵子，我经常用自行车带怀孕的书妍来此作功利性的游玩。所谓功利性，就是让她沉浸在由花卉植物构成的赏心悦目的美景中，从而产生美的愉悦，并将这种愉悦传导给腹中的胎儿，让他（她）在形成胚胎时，就提前感知人世的美好。我给书妍拍了很多照片，她穿着黄色风衣，挺着大肚子，整个人呈三角形，凸显在风景之外。

后来，我又带庆生来此学步。那是柳瘦竹衰的初冬，庆生穿得很多，圆滚滚的像汽球。我蹲在他前面一步远的地方，两臂张开。我张开的手臂既是一种诱惑，也是一种鼓励，要得到我手臂的庇护，得付出努力——我要让他知道这个朴素的道理。小庆生还是勇敢的，他像企鹅那样摇摇摆摆，颤颤悠悠，朝我挪过来。眼看要摔倒，我把手臂伸过去，扶住他。有惊，但无险，既刺激，又安全，小庆生很喜欢，于是我和他不停地做这个只属于我们父子俩的游戏。我不断往后退，小庆生不断往前跨。玩了几天这样的游戏后，小庆生终于能独立走几步了。他专拣有树叶的地方走，树叶会发出窸窸窣窣的响声，小庆生脸上现出愕然的表情。我向书妍描述树叶的响声，她说这是孩子成长的声音。

我在停车场伫立了很久。虽然烈士陵园已经面目全非，但我携怀孕的书妍游园的场景却历历在目，她在植物间闪现的身影，她在相机镜头前的腼腆神情犹在眼前。小庆生当年学步的那条甬道已无处可寻，但树叶的窸窣声和小庆生咯咯的笑声穿过时空，朝我耳边涌来。

我很想去实验小学看看。去实验小学走江海路是最近的，但我决定从碧霞小区穿过去。我从陵园停车场朝西到人民路，然后一直往北，过了桥再走一段路，就到了财政局。财政局座落在马路西侧，到碧霞小区得从它门口朝南。我发现财政局食堂还在，心像被什么轻轻捏了一下，轻微的疼痛。我像怕惊动什么似的轻手轻脚走进去。偌大的餐厅里，还是像多年前那样摆着几张大圆桌。还没到吃饭的时候，餐厅里一个人都没有，但我仿佛听到了开饭的哄闹声，我看到小庆生坐在角落里的一张大圆桌旁，守着他的大书包，而我则站在窗口打菜的队伍里。打菜的人很多，除了财政局的人，还有像我这种外来客。食堂是承包的，因财政局就餐的人并不多，承包人便向社会开放。外来客不少，窗口前排了很长的队。好不容易轮到我了，我买了庆生爱吃的红烧肉，和几样蔬菜。

我对饿坏了的庆生说，你先吃肉肉。这是庆生小时候的语言，他喜欢将同一个词重叠起来，比如，他不说苹果，而说苹苹。袜子，说成袜袜。吃饭说成饭饭。打菜窗口那儿立着一个大饭桶，由各人自取，我去取了一大碗饭。那时庆生上小学，双休日去少年宫补课。那段时间我特别忙，就带庆生来吃饭。放学时我去接他，他总是说，爸爸，快点去财政局，去晚了就没有红烧肉了。

有一次我带了一个大饭盒去取饭时把饭盒摁得结结实实的，可以晚上吃。承包人跑过来说，饭你可以尽肚皮装，但不允许带回家。我有无地自容之感。

这时，一个束着白围裙，戴着高高的厨师帽的中年人走进来，问我找谁。我说，找当年的我。那人大惑不解地目送我走出去。

从财政局食堂再往南走几步，就是道路的拐角，从这个拐角往西就是碧霞小区。闻名掘城的碧霞馒头店离路口不远。以前，我经常来此买馒头，这儿的老酵馒头既香又筋道，每天下午落笼之际，顾客从四面八方蜂拥而来。书妍特别喜欢黑芝麻大扁食，庆生则爱吃萝卜丝馒头，我每次来就买这两样。后来跟老板娘熟了，只要我在人丛中一露面，她便迅捷往方便兜里装大扁食和萝卜丝馒头。书妍消失后，我就只买萝卜丝馒头了。等到庆生上大学，我就只买酵条了。一个人懒得做饭，我把酵条切成六块，早上吃两块，中午吃两块，晚上再吃两块。一根酵条就把一天打发了。

碧霞馒头店最忙的是下午，店面被一条长案占据了，几个浑身沾满面粉的师傅在案板前紧张忙碌，身后是堆成垛的面粉袋，高达屋梁，似乎随时会倾倒下来。案板的一侧是两缸发好的酵面，店门口则摆着一长溜热气腾腾的笼屉，里面横平竖直摆着实心馒头、咸菜馒头、萝卜丝馒头、粗面馒头、葱花卷、蜂洞糕、酵条、大扁食，顾客里三层外三层围着，吵嚷不休。老板娘能从乱哄哄的声音里辨识出谁要买什么，她不用手拿，仅用方便兜就能把 10 个甚至更多的馒头利索地装进去。每天俯瞰这个热闹场面的，是一个精瘦的老头，我一直搞不清楚他是不是老板娘的丈夫。他站在高高的升降机上，等着馒头蒸熟、落笼。

现在，馒头店冷冷清清的，做馒头的师傅还没上班，当门摆着的一溜屉笼屉都是空的。我问正在洒扫的女孩，老板娘去哪了。我很想跟她作个告别，谢谢她这么多年对我的关照。我很想说，再也吃不到你的筋道十足，有着酒酿味道的馒头了。女孩说，老板娘上街买面粉了。我不等她了。我会想念碧霞馒头的，也会想念姿色未褪，精明能干的老板娘。但她不会想念我，只有在很久以后，她在给顾客拿馒头时，脑海里偶尔会掠过我的影子，她会嘀咕一声，那个面善的老头怎么不来买馒头了呢？

二十六

　　自打劳莲去学艺，小宋老板的虾籽烧饼店生意变得异常火爆。店里又招了几位做烧饼的高手，案板上面粉四溅，制作烧饼的家什擂鼓似的拍击着，听上去犹如富有节奏的打击乐，而乐句间的衔接就是由做成的烧饼坯完成的，一条无形的传送带将它们源源不断传送到烧饼炉上。专事贴烧饼的小宋老板恨不得生出三头六臂。他只穿件短裤，毛巾搭在脖子上——它形同虚设，根本没有机会被使用，不断涌出的汗珠溪流般顺着他的胳膊肘掉进烧饼炉，发出嗤嗤的声响，随即升出一缕缕烟雾来。小宋老板像一个机械的木偶，手持烧饼坯不停地俯身于烧饼炉，牵动这个木偶的是营业额和对家族声望的捍卫。

　　劳莲引人注目，她身材高挑，长发挽成马尾，在脑袋两侧晃来晃去，耳朵上挂着摇滚歌星挂的那种大耳环。她穿汗衫，牛仔裤，靴子，你能看见文身的花纹从她上下手臂上，肩膀上一直窜到低胸的汗衫领口。她笑起来倾国倾城，眉眼妩媚迷人。她间隔一段时间就从做烧饼的案板移步至烧饼炉前，短暂替换她的师父。当然，两者都是她必须学习的，既要学会怎样制作烧饼，又要掌握如何烘烤烧饼。

　　大多数顾客都是为了一睹异国女郎的芳容而蜂拥而至的，从早上起，热闹的局面一直持续着，因为很多外地顾客也闻讯源源不断地赶来，店堂拥挤不堪，漫长的队伍排到马路上，再向两边延伸——往左，延伸到油米厂桥，朝右，延伸到卫锡珍缝纫铺门口。

对他们而言，再也没有比一边吃着香气扑鼻的虾籽烧饼，喝着豆腐脑，一边欣赏异域女色更惬意的了。仅仅一个早上，食色这两件关乎民生的大事都能得以满足。

学徒是只管饭不给薪水的，但小宋老板是个很讲道理的人，他给劳莲开了工钱。而我也有了意外进项：当地的两家报纸副刊邀我开专栏，撰写介绍加拿大平民生活的文章，且许以高额稿酬。市电视台时不时请劳莲去当嘉宾，酬劳也相当可观。这样，我们一家的衣食可以暂且无忧了。

一天，我打扫卧室。这是爸爸和妈妈的卧室，现在我和劳莲睡。卧室一侧是大窗户，另一侧是贴着墙站立的衣橱，对着席梦思床的是电视机柜，上面摆着一台 24 寸的老式彩电和一台索尼影碟机。我发现电视机和影碟机还通着电，显然，爸爸疏忽了，忘了拔下插头，但这也表明爸爸不仅经常看电视，也看碟片。出于好奇，我想知道爸爸看的什么碟片。于是，我按了一下碟片仓的按钮。我很小的时候，就经常按这个按钮，那时我迷恋奥特曼，爸爸带好多奥特曼碟片回来，我很快就学会了怎么播放。

碟片仓呼的一下弹出来，一张我熟悉得不能再熟悉的碟片躺在里面——《连城诀》，根据金庸小说改编的电视连续剧。我心头一热，蛰伏在内心深处的记忆瞬间被唤醒了。我像取一件价值连城的宝贝那样，小心翼翼地从碟片仓取出那张碟片。过去的时光其实并没有流逝得无影无踪，它们被你经历后——也可以说消费吗，就粘附在与你的生命密切相关的物件上，既在当下闪耀，又迎接未来。比如我手上的这张碟片，就粘附了我童年时光的某个片断。就像油漆，一旦粘附上，就很难消除了。它既可以让你怀念，也可以让你触摸。不知为什么，那种惊险刺激的打斗场面，总让小时候的我心醉神迷。我喜欢看奥特曼碟片，其实就是喜欢里面的打斗场面。爸爸买回来《连城诀》，一套十张，装在一个咖啡色塑料盒里，当然是投我所好。

我还记得那天爸爸下班回来，从包里拿出碟片盒的情景。爸爸把它递给我时，一脸的谄媚。一个父亲对一个儿子谄媚，这是多么动人的景象啊。爸爸还说了一句，包你不会失望。我不停地摩挲着这张浸润在时间深处的碟片，想象着爸爸在百无聊赖的午后，或孤独难忍的夜晚，一遍遍用影碟机播放它的场景，那是怎样的心境？爸爸会获得安慰吗，还是加深了怅惘？我们每个人脑海里都有一台影碟机，反复播放着过去了的一切。但过去了就是过去了，再也不会回来了。永远不会回来了。我拉开电视机柜的抽屉，咖啡色碟片盒跳入我眼帘，装着其余的九张碟片。

双休日要到了，我去广隆超市买回葡萄——它是另一种道具，正如我买回拉开在院中石桌进行的晚餐序幕所不可缺少的道具：积木。很多年前，爸爸也是在广隆超市买的葡萄吗？我把葡萄洗净，搁进玻璃饭盒里，放进冰箱。周六那天，劳莲被电视台请去录制节目，我和米琪在家。吃好午餐，我问米琪想不想看打斗的片子。米琪对"打斗"没有概念。我把"打斗"换成"中国功夫"。一听我说"中国功夫"，米琪迫不及待想看。到爸爸卧室看，我说。

我开了卧室里的空调。当年，我和爸爸看《连城诀》，也是在燠热的夏日午后，爸爸提前打开空调。我和米琪冲了个澡，躺到床上。我把葡萄忘了，又去冰箱拿葡萄，放在床头柜上。当年，爸爸也是把葡萄放在床头柜上，也是用玻璃饭盒盛的葡萄。我怀疑我们用的是同一个器皿。这完全有可能，爸爸从不舍得扔掉旧物。爸爸对旧物怀有特殊情感，认为旧物是现在与过去联结的纽带，是两个大陆之间的桥梁。要是不通过旧物就无法回到过去。而爸爸总是对过去，对往昔，对经历过的旧日时光，一往情深。甚至，我怀疑，我摆放玻璃饭盒的位置，也是当年爸爸摆放玻璃饭盒的位置——它们在时隔多年后又重逢了，并重叠在一起。

我先用遥控器打开电视，调到播放碟片的频道。又用另一个遥控器打开影碟机。我听到碟片缓缓转动的沙沙声——这是时光倒流的声音吗？就像当年我和爸爸所做的那样，我和米琪倚在床背上。哪儿好像做得不对？哦，想起来了。我把玻璃饭盒放在我和米琪之间，就像当年爸爸把玻璃饭盒放在他和我之间——啊，又是重叠。床还是当年的那张床，但躺在床上的人却不同了：爸爸已经驾鹤西去，我替代了爸爸。米琪呢，又替代了当年的我。我们是我们父母的替代品，就像他们是他们上一代的替代品一样，而我们又注定会被下一代替代。生生不息，绵绵不绝就是这个意思吗？

《连城诀》一下就把米琪抓进去了，紧张的剧情让他屏气凝神。我把葡萄塞到他手里，快吃呀，一边吃一边看。当年，我就是和爸爸一边吃葡萄一边看《连城诀》的。现在想来，那些炎热而清凉的下午，是我平生度过的最快乐的时光，也是陪伴爸爸最多的时候。人的一生太忙碌，要做的事太多，陪伴父母双亲的时间又太少。当你像鸟振翅飞到外面的世界，回眸来路，你会觉得原来我只在童年陪伴过父母双亲。后来我想，爸爸肯定深谙这个道理，所以他才设计了那样的下午，一个由父与子构成的下午。为了让这个下午过得有声有色，过得温润甜蜜，爸爸和我一边吃着葡萄，一边欣赏着百看不厌的《连城诀》。可是在瞌睡虫面前，金庸还是败下了阵，我看着看着就睡了，手里还拿着葡萄。我一定是睡在爸爸的怀里，我不知道，当我睡着了以后，爸爸还会不会继续看下去。如果现在要来寻求这个答案，我的答案毫无疑问是否定的。爸爸随后会关掉电视，搂着我一起睡。对爸爸来说，看《连城诀》并不重要，父子俩共度一个下午才是重要的。

小孩子会倒头就睡，但大人却有一个缓慢的过程，他与睡眠地带之间有一个沼泽，他必得挣扎着跋涉过去，才能到达睡眠。爸爸搂着我是什么样的心情呢？他会有幸福感，天下所有的父亲抱着自己的儿子，都会有这种感觉吧。爸爸的内心还充满了希望——儿子在一天天长大啊，简直是一天一个样。再也没有比成长更让人快慰的了。但我想，爸爸还是伤感的，他会想，时光如梭，这样温馨的下午会越来越少了，儿子终究会离别父亲，而成长就意味着离别。爸爸伤感，还在于他不知道怎么迎接我离别他那一天的到来。

我问米琪，你现在快乐吗？我知道，这个问题很傻。米琪边往嘴里扔葡萄，边盯着屏幕，他的回答很巧妙，爸爸，能天天这样吗？我说，只要你愿意。米琪看着看着上下眼皮就打起架来了，小脑袋一歪，靠在我怀里睡着了。我把他手里抓着的葡萄拿出来，又把电视关了，搂紧了他。我无法入睡，一缕忧伤朝我袭来，它多年前袭击了爸爸，现在又转头袭击了我。我明白我为什么要那么紧地搂着米琪了。如果这个世界上没有离别，那该多好啊。我们和至亲在一起，就是为了离别吗？

二十七

　　我向西穿过碧霞小区，踏上通海路。朝南走几分钟，就是江海西路，往西不远是人院南出口，再往西是供电局，斜对过是关西桥。过了桥就是黄海路，也就是说，黄海路延伸到这儿就终结了。朝东不远就到了实验小学。正是上课的时候，校园宁谧，间或传出教师的讲课声。凶悍的门卫起初不让我进，我再三苦求，才高抬了贵手。

　　还是庆生在此念书时来过，一晃二十年过去了，教学楼外墙重新粉刷了，有种旧貌变新颜的味道，但操场还是老样子，塑胶跑道褪了色，由绛红变成了浅白色。不过，立在操场角落的单双杠却是新安的。我还是喜欢旧物。旧物是时间的最初形式。旧物犹如指路箭头，表明我们是从哪儿来的。当年，我骑夏杏三阳踏板车送庆生来上学，总要在操场上跑上几圈。那时我正值壮年，跑起来虎虎生风，现在我没力气跑了，腿脚也不灵便了，只能安车当步般缓缓而行。

　　孩子们都在教室里上课，操场寂寥无人，可是我耳边却一直响着运动员进行曲的乐声，那是从司令台上的大喇叭里播放出来的，穿校服戴红领巾的孩子涌出教室，潮水般向操场汇合。我在那些涌动的孩子里一眼就认出了庆生，他穿着深蓝色的茄克衫，脸蛋被红领巾映红了。他似乎也发现了站在操场边缘的我，他在做操时显得腼腆，不自然。也许所有的孩子都这样，当他跟父母独处时，他撒娇、粘人、活泼、憨态可掬，但在大庭广众面前，他成了另一个孩子，他要让父母觉得他陌生，他会千方百计逃离。

很显然，从踏板车上放下庆生过来跑步，就是等待着孩子们来操场做操。我喜欢那种热烈的场面，喜欢哨声划破早晨鲜嫩天空的回声，喜欢那种以乐声为背景的哄闹，队伍散开又收束，而在口令下整齐划一地做操，就像某种晨祷。喜欢看到庆生羞涩的样子，拒我以千里之外又渴望与我亲近。仿佛是在一瞬间，早操结束了，喧闹的潮水消退得无影无踪，操场又恢复了岑寂。再也没有比呆在一旁看孩子做操有如此强烈的感受了：这个世界一切都是短暂的，除了寂静和空旷。所有的存在都是假相，虚无才是真相。庆生也跟着孩子们回到了教室，从我眼前消失了。当然这是暂时的，等到放学时，我又能看到他了。但这也是假相，我将永远看不到他，才是真相——一想到这一点，我就怅然不已。

某些下午，我也会来操场。一想到庆生就在离我不远的教室里上课，我的心就柔软起来。庆生的教室在紧挨操场的那栋教学楼里，顶层，5楼。课间，拦杆上总是趴满了叽叽喳喳的孩子，就像一群可爱的小鸟。那些孩子里必定有庆生，他眺望着操场上的爸爸，直到上课铃声响起。快到放学时间，我会来到教学楼下。我喜欢那种既焦急又甜蜜的等待。我的衣兜里不知怎么有包香烟，我抽出一支叼在嘴里，只是懒散地叼着。抽烟是一种姿势，这种姿势与那种焦急又甜蜜的等待是多么吻合啊。

我信步由缰，在操场上转起圈来了，就像曾经和书妍、庆生在海子牛雕塑转圈，它们都是时间的漩涡。我们都深陷其中，无法自拔。喇叭里突然响起了音乐声，下课了。这跟过去不同，过去下课都是敲铃，现在用音乐替代了。时代的进步体现在社会生活的各个方面，包括这个微小的细节。孩子们涌出教室，很快，操场上出现了追逐的孩子，吵闹着，从我身旁经过。我恍惚觉得小庆生也在里面，我等着他跑过来找我。我在旗杆边上坐下来。远处有个体育老师在跑道上打粉线，我似乎闻到了石灰的味道。我闭上眼睛，我听到一群孩子吵吵闹闹跑过来，庆生在不停地喊，爸爸，爸爸！我睁开眼，哪有什么孩子，围着我的只是风。操场上空得让人忧伤。

我怀着依依惜别的心情离开了实验小学。我再也不会来这儿了。我感伤透了，强忍住没有回头再看一眼。世上最难的就是诀别，但你又不能不诀别，没有谁能逃避得了诀别。我沿黄海路朝东，从亚萍广场路口拐上青园路，过丁棚大桥到汽车站，再从十字路口左拐，踏上了友谊路。朝东走了一段路，"中福在线"的牌子赫然在目，它漆成大红色，竖在落地窗一侧。我不记得当年是不是也有这块牌子。虽然我这个年纪的人会记得很久以前的事，但一些视觉上的细节因为离得太远而无法辨认了。不过，它的空间位置没有变，还在国际大酒店隔壁。我一直搞不清楚空间和时间的关系，时间可以变成空间，从而形成距离，那么，空间也会变成时间的另一种形式吗？

店门关着，但里面有人在走动。我推门进去，一下愣住了：那几台游戏机还是当年的，位置也没有变动，连空气也好像是当年的。是我的错觉，还是时光凝滞不动了？其实事情很简单：在现实中，时间是流动的，而在回忆里时间是凝固的，这就是时间的二维吗？

庆生上五年级那年，有一次，我从电视新闻里得知，掘城的一位市民玩中福在线中了50万大奖。民间有种说法，小孩的手气是最好的，于是我就带庆生来碰碰运气。我是多么喜欢玩游戏的庆生啊，他从作业堆里逃离出来了，变得快乐，单纯，无忧无虑。我带他来中福在线，其实就是想让他还原作为孩子的真实样子。对庆生来说，玩游戏是一种美好的享受。对我来说，在一旁看着他玩，也是一种美好的享受。

"中福在线"成了我内心最柔软的地方之一，成了我和庆生共有的难忘回忆之一。庆生长大后，我们偶尔还会聊起中福在线。庆生说，爸爸，我们什么时候再去中福在线玩一次，我肯定能中大奖。可是多少年过去了，我和庆生再也没有去过中福在线，生活中有好多期待和憧憬注定只是期待和憧憬。中福在线只有晚上才热闹，白天一个人都没有。我朝摆在墙角的游戏机走去，当年庆生就是在这台游戏机上玩的。我坐到椅子上去，模仿着庆生的动作，摇动起游戏手柄。一位工作人员跑过来，说，你不能只顾着摇手柄，还得干点别的啊，来，我教你。我说，不用，这个就够了，我已经满足了。其实我不会玩，但这无关紧要，我只是想让时光倒流，想让自己回到多年前的场景，想让小庆生活泼顽皮的样子重新浮现在我眼前。

从"中福在线"出来，我就沿着人行道朝东走。我想去老街看看，跟它道个别。老街是我生命中的一个重要印记，我无法忘怀。

我走到人民路后又往北，过了国防桥就是广隆超市，再往北就到了老街的入口。老街的商铺和住户都搬走了，墙上一律用扫把蘸着红漆写上硕大的"拆"。极目之处一片荒凉破败。不久前听说存在了200多年的老街要拆，没料到这么快就动手了。我踩着石板路往东走，伤感地想，掘城的魂都埋在这些青石板底下，如今拆了，它们将何处安身呢？

我喜欢掘城，其实是喜欢掘城的老街，喜欢老街的石板路。老街所有的路都是由花岗石铺成的，所以老街也被称为石板街。铺设石板街的宏举始于乾隆59年，我常常遥想那时的场景：串场河上运载石料的木舟桅樯林立，街道飞扬的沙土中号子震天，我甚至能听到汗珠如水滴落地上的簌簌声。用石板铺设街道并不称奇，称奇的是掘城老街上的石板，每一块的长宽尺寸相同，一律是长3尺3寸，宽1尺，厚5寸，计8735块，加上左右的石板竖铺分类，计16225块。更为称奇的是，石板表面镌刻了各种古钱，以及鹿、蝙蝠等动物花纹图案，线条简洁古朴，让人叹为观止。

走过以前的洪善祥装裱店，石板街就变得逼仄难行，两侧的房屋被推倒了，到处堆积着瓦砾，我见缝插针地挪动着步子，好不容易走到东出口，再过去就是烟墩桥菜市场了。很多年前，我和书妍抱着庆生，从这儿进入石板街，去镇医院打防疫针。那是春寒料峭的季节，怕孩子冻着，书妍给庆生穿了很多，外面又用小棉被裹着，这让我抱庆生很费劲。书妍不时用手托一托，生怕孩子会掉下来。

　　我想沿着当年我们全家行走的路线再走一次。于是，我又从东街口往西走，我觉得自己一头扎进多年前的场景里了。我的两只手下意识地端在胸前，襁褓里的庆生睡着了，白嫩的小脸闪耀着瓷器般的光泽。我听到跟在身后的书妍不停地说，小心呀，小心呀。我说，你别担心啊，论抱孩子我比你行。平时我抱庆生的时候要比书妍多得多。我是多么喜欢抱孩子，一到家我就要抱抱庆生，即便他在摇篮里睡着了。我其实是喜欢生命相连的感觉，它让我感受什么是骨肉。

　　老街上的住户都搬走了，好多房屋都已倾圮，露出烟烧火燎的半面山墙，透出荒无人烟的凄凉，可我觉得还是走在多年前老街斑斓的生活图景里：我们小心绕过当街站立的煤炭炉子，它袅出的煤烟业已到了强弩之末的尾声，但我还是担心庆生会呛着，我边疾行边俯身遮住他的脸鼻。从横巷里蓦然窜出一条狗来，追着我们吠叫。为了不让庆生受到惊吓，我拔腿快跑，书妍则充当后卫。她不知从哪儿得来的撵狗经验，蹲下身佯装系鞋带，那狗见状夹尾而逃。去公厕倒马桶的妇人，将沉重的马桶紧贴在肚子上，让肚子分担马桶的重量，那种一摇一摆的行走姿势，简直称得上是仪态万方，把书妍逗笑了。

　　搭在街道两侧屋檐上晾晒的衣服，因为没拧干，淅淅沥沥往下滴水，我和书妍左躲右避，担心水滴淋到庆生脸上，打湿他的梦境。一些坐在门口晒太阳的老人，都把浑浊的目光投向我怀里的庆生。那些临街的住户，门窗都敞着，传出由椅子、碗盏、锅铲、刷子、扫帚、洗衣机、电视、钟摆以及嘴巴制造出来的声响。行走在这些声音里，你会觉得过日子不是大而无当的，它是琐碎的，时刻可以触摸，比如我们抱着庆生去镇医院打防疫针，就是一个重要的日子。

我们拐进一条南北向的巷子，前面不远就是镇医院。刚才还在熟睡的庆生，突然睁开眼睛，奶声奶气地叫了声"爸爸"。我一下愣住了，我有种极不真实的感觉。这是庆生头一次说话，而他头一次学会说话，就是叫"爸爸"。除了不真实，我还有种飞扬的感觉——一种叫做"幸福"的东西所致。同时，我又有种被压得喘不过气来的感觉。"爸爸"不是一种称谓，而是一块沉重的石头，它意味着神圣的责任，在未来的日子里，你的生命将会围绕着它而展开。一边是飞扬，一边是下坠，情何以堪啊。

一旁的书妍不明白，为什么庆生平生说的头一句，不是"妈妈"而是"爸爸"呢？后来我想，是不是孩子意识到，妈妈注定在他生命里短暂出现，与他长久相依为命的是爸爸呢？而在将到镇医院之际，庆生忽然睁开眼叫"爸爸"，是不是他觉得灾难就要临头，只有爸爸才能保护他呢？

那些逝去的时光就像道路，有的人从不踏上这条道路，只让它与自己并行，形成一条平行线。有的人会踏上它，但很快就能走出来，再到原来的路上去。有的人踏上它后却越走越深，结果道路变成了绳索，被它紧紧缠着，有种快要窒息之感。我就属于这样的人。

二十八

　　劳莲每周日休息，她希望我带她和米琪逛逛掘城，认识一下我出生成长的地方。这当然也是我的想法，从我们回来那天，我就想带他们跑遍掘城。可是，掘城是个让我伤感的所在，它似乎到处弥漫着爸爸的身影。我和爸爸一样，极其敏感。敏感意味着脆弱，而脆弱最易受到伤害。关于伤害，我的体验是，别人是无法伤害我的，伤害我的只有我自己，其中很大一部分是由触景生情引发的，这也是敏感所致。相反，一个愚钝之人，是较少能够触景生情的。因此，触景生情是一种能力，就像爱是一种能力一样。另外，你所触摸的"景"越美好，蕴含其中的"情"越深，越能伤害你。我总是对自己说，再过几天吧，再过几天一定带他们到处转转，而我又想，有些事情是经不起延宕的。延宕从某种程度上说，是一种等待。而等待就是逃避——逃避自己。我又想起了爸爸，因为爸爸的性格就是逃避。在我印象里，爸爸从未主动出击过，随着年龄的增长，我越来越像爸爸了。就像两个人从很远的地方朝同一个方向奔跑，随着步伐的迈动，他们越来越接近，最后就重合在了一起。

　　一个星期日的上午，我们全家去烟墩桥菜市场买菜。烟墩桥菜市场也是一个让人伤感的地方。我曾经问过爸爸，为什么菜市场叫这个名字。爸爸笑着说，你提的这个问题太幼稚了，这不明摆着吗，它靠近烟墩桥，所以叫烟墩桥菜市场啊。爸爸说，烟墩桥是很有来历的，史料上称它跟掘城一起诞生，而掘城在唐宋就形成了雏形，它的古老可想而知。我曾经在它上面走过，就是一座普通的水泥桥，连赝品都算不上。当年的烟墩桥早已埋藏在历史深处了。

　　那天，我带着劳莲和米琪又在它上面走了走。我们从滨东路口出来，沿着范堤路朝海子牛雕塑方向走，大约二百米处，马路北侧有一条横巷，我们从这条横巷朝北，走到尽头就是河边。这河叫串场河，水泥桥就架设其上，下了桥就是烟墩桥菜市场了。菜市场设在室内，有一个篮球场馆那么大。它的外面也摆满了菜摊，人流如织，熙熙攘攘，热闹无比。叫卖声、讨价还价声、吵闹声，以及谩骂，形成一团混沌的嗡嗡声。它是市声的一种，有着无比强大的磁性，我们三个人一下桥，就被吸进去了。

　　劳莲好奇极了，说，没想到中国的菜市场是这样的。我问她，"这样"是哪样？她想了想说，烟火气。接着又补充了一个词，"温暖"。温暖的烟火气。温暖的，不一定是烟火气，而烟火气必定是温暖。我有点对劳莲刮目相看了，她虽然会说中文，却算不上汉学家，但在表达方面很准确。加拿大的菜场是没有烟火气的。我们都是一周一次驾车到很远的沃尔玛买菜，那儿的一切都冷冰冰的，各种蔬菜荤菜，不是放在冰柜里，就是搁在冷冰冰的菜架上。周围的人也是冷漠的，整个店堂安静得能听到自己的脚步声。我想，劳莲喜欢掘城，是喜欢掘城温暖的烟火气吧，而掘城烟火气最浓烈的，当数烧饼店吧。

　　角落里一个菜摊上传来震耳欲聋的争吵声——是摊主与女顾客的对决，两个人都高声大嗓，尤其那女顾客，声音尖得直冲云霄，又不乏抑扬顿挫。很多人见惯不惯，视若无睹，置若罔闻该干嘛干嘛，但劳莲被吸引过去了。劳莲能听懂普通话，但掘城的方言，于她而言，无异于对牛弹琴。掘城有五六种方言，有的方言我也听不懂。可是这并不妨碍劳莲津津有味地观看，我试图拉走她，人家吵架有什么看的。劳莲却说，我在看中国民间歌剧呢？你听，那位女士哪里是在吵架，分明是在唱歌剧啊，那气势、那韵律、那音色，完全可以与著名花腔女高音狄安娜·达姆尧的咏叹调相媲美。我说，像这样的歌剧，这儿每天都会上演。劳莲笑着说，那我天天来听，我不仅天天来听，我还要学会唱，等我会唱了，我就天天唱给你听。我作举手投降状，那我可受不了，不过，你得先学会掘城方言。劳莲问，难吗？我说，比学拉丁语难多了。劳莲又笑了，那我不学了，省得你受不了。

其实，吸引我的，是前面的一个顾客，他距我有十几步远的样子。从背影看，他很像爸爸，腰背略微佝偻，虽然他努力想挺直，但他年老体衰，到底拗不过地球的引力。他的头发像爸爸那样几乎全白了，也像爸爸那样，留得比普遍的长度更长一些，而且也像爸爸的头发那样很浓密，并从中间分开向两边垂到耳际。那是弗朗兹·李斯特的发型。是的，爸爸留的正是这样的发型。我曾经让爸爸学钢琴，为的就是可以看到爸爸坐在钢琴前弹奏西方古典钢琴曲的某个乐段时，他将会飘扬起来的头发。

一个人的神韵体现在头发上，在某个瞬间，我几乎确定他就是爸爸了。我在人堆里往前挤，我想赶上他，一探究竟。老者似乎意识到了这一点，加快了步伐。他的面前没有什么顾客挡道，所以他轻易拉开了与我的距离。我下意识地喊了声"爸爸"，我的喊声凄厉，充满了绝望。劳莲跑过来问我，你怎么了？

你看到爸爸了吗，我指着那个渐去渐远的老者，爸爸回来看我了，可是爸爸为什么不跟我照面呢？劳莲顺着我的手指看去，哪有什么爸爸，那是个老太太啊。不，是爸爸，他回来了。我终于挤出了人群，但这时老者已经接近了大门，消失在一群从外面进来的顾客里。等我追到大门外面，哪里还有老者的影子。

劳莲后来说，我看到的确实是一位老太太，"爸爸"完全是我臆想出来的，是我想爸爸心切所致。相信我，我曾经进修过心理学课程。但我更愿意接受这样的理由：因为爸爸一直在烟墩桥市场买菜，这儿留下了爸爸的身体气息，我看到的爸爸，正是爸爸在我心灵上的投影。

那天我们并没有买什么菜。当我伫立在菜市场大门外怅然若失地寻找那位老者时，劳莲也带着米琪出来了。我发现，我们就站在菜市场的西出口，而这个西出口距老街的东出口仅一步之遥。我对劳莲说，你不是要认识掘城吗，我们就从老街开始吧。劳莲问，为什么叫老街呢？我说，这还不好理解吗，老街就是老旧的街，古老的街啊。我指着眼前一片辽阔的废墟说，老意味着荒凉，衰败和死亡，你看，老街已经死亡了。我把米琪抱起来走进老街，劳莲跟在我身旁。米琪不想我抱，挣扎着要下来。我央求道，让爸爸抱抱你吧，当年你爷爷就是抱着我在老街来来回回行走的。劳莲也说，米琪，成全一下你爸爸吧。劳莲明白我的良苦用心，她是个善解人意的女人。

劳莲想挽着我，我制止了她。我说，当年爸爸抱着我，妈妈是不可能挽着爸爸走的，只有跟在他身旁。于是，劳莲很听话地跟在我身旁往前走。我又对她说，你暂时取代了我母亲，而米琪暂时取代了当年的我。米琪问，我们是在做游戏吗？我不知如何向米琪解释，只好点点头。老街几乎全拆光了，只有一两间低矮的破屋兀立在太阳底下，显得苍凉而虚幻。劳莲有点困惑，老，同时也意味着历史，为什么要把它拆掉呢，加拿大很老的镇都保存着。我不想让她知道掘城阴暗的一面，只好敷衍她：没有死，哪有生。

被时光打磨得溜光锃亮的石板路暂时还在，它的缝隙里长出了很高的青草，看上去，石板路就在青草丛中向前延伸。我对劳莲说，掘城的历史悠久得会吓你一跳，加拿大没有哪个老镇能跟它的古老相比。劳莲对这个话题很感兴趣：说来听听。我告诉她，掘城在远古时为江口之外的浅海，成陆于春秋，初建于唐，发展于宋，到明代中期，掘城商业鼎盛，素有"小扬州"之称。她很是吃惊，要我具体说说。我不是历史学家，只能了解个皮毛，而这点皮毛还是在上中学时从乡土课本中获悉的。

我告诉劳莲，明朝万历年间，山西、安徽、扬州的盐商大贾纷纷前来掘城开店，经营糟坊与杂货。就在我们走的这条街的两侧，屋宇鳞次栉比，有商店、茶坊、酒肆、脚店、肉铺、庙宇、公廨等等。商店里有绫罗绸缎、珠宝香料、香火纸马、各色点心，此外还有医药门诊、看相算命、修面整容，各行各业，应有尽有。大的商店门口还悬挂市招旗帜，招揽生意。街市行人摩肩接踵，川流不息。有做生意的商贾，有看街景的士绅，有手执文明棍的官吏，有叫卖的小贩，有乘坐轿子的大家眷属，有身负背篓的行脚僧人，有问路的外乡游客，有听说书的街巷小儿，有酒楼中狂饮的豪门子弟，有街边行乞的残疾老人，有手执胡琴卖艺的盲人。男女老幼，士农工商，三教九流，无所不有。

我说的这些把劳莲惊呆了。有这样繁华吗？古代的京城也不过如此吧？她半信半疑。她停下来，弯腰察看脚下的青石板。她是在寻找当年的遗迹。我告诉她，当年，这条石板路是用 16225 块花岗石铺成的，并且刻上了各种花纹图案，如古钱、鹿、蝙蝠，既美化了街道，又起防滑作用。如今，青石板上哪里还有图案的影子，劳莲当然什么也没有寻找到，她看到的，只是被磨得异常平滑的青石板。要经历多少时光，需要多少次踩踏，才能磨成这样啊。遥想当年，青石板上承载了多少繁华热闹啊，但它们终究是抵挡不过时间的扫荡的。在时间的扫荡下，它们终归会消失。是通过踩踏的方式消失的，每踩踏一次，它们就消失一点，而踩踏就是时间的表现形式之一。就像所有的一切最后都要归结为 0 一样，青石板上承载的繁华盛景最后消失得无影无踪，只剩下一条光秃秃的石板路。其实，一切都没有消失，而是隐藏起来了。就像妈妈没有消失，而是隐藏起来了——这是爸爸的说法，可是母亲会隐藏在哪儿呢？不过，我知道老街曾经的繁华都隐藏在青石板底下了，所以，劳莲不是察看，而是倾听。倾听青石板下面的历史回声，或者说，是时间的跫音。也许要到夜深人静时分才能听到，那时你走在石板路上，会听到当年弥漫在老街的各种聒噪声响，或是喃喃絮语，或是低声嘀咕，或是一声叹息。它们不绝如缕地萦绕在你耳边，那一刻你会是怎样的感觉？

我看到劳莲面色凝重，眉头紧锁。我又何尝不是如此呢？昔日那种清明上河图般的繁华化作触目惊心的废墟，呈现在我们四周——是不是有多热闹就有多荒凉？繁华是短暂的，废墟才是永恒的。繁华是虚幻的，废墟才是真实的。这个世界的本质，是不是就是废墟？我不禁想到，曾几何时，我双亲俱在，全家其乐融融，那种庸常、快乐、宁静的生活似乎会永远进行下去，但转眼间，妈妈永远消失了，爸爸与我阴阳两隔，这是另一种废墟。现在我这个家替代了原先的那个家——我替代了爸爸，劳莲替代了妈妈，米琪则替代了幼时的我。但不会花太久的时间，死亡亦将降临，等着我们的只能是废墟。我一时十分虚弱，我对劳莲说，你还是挽着我吧。我怀里抱着米琪，劳莲拥着我，我们在废墟里行走着，一时我懵懂茫然——我们这是要去哪儿啊？

我告诉劳莲，在我很小的时候，爸爸妈妈抱着我去镇医院打防疫针，就是走的这条路。劳莲问，你那时有多小？我说，比米琪小多了，还不会走路呢。我快抱不动米琪了，而米琪也不想让我抱了，要下来自己走。劳莲也想让米琪自己走。我哄着米琪，再让爸爸抱会儿，还没到镇医院呢，到了镇医院我就把你放下来。米琪好奇地问，为什么要到镇医院，你才把我放下来呢？我说，这是剧情的需要。米琪又问，爸爸，我们这是在演戏吗？劳莲说，儿子，你别问了，到时你就知道了。

镇医院就座落在老街，老街成了废墟，镇医院当然不会幸免。

我是去往记忆里的镇医院，我记忆里的镇医院永远不会消失。它的位置也永远镌刻在我脑海里了。我们从前面一个巷口往北。老街的道路很像"非"字，主道两侧有很多分叉小巷，往南小巷的尽头是串场河边，往北小巷则通向江海路。镇医院就紧挨着江海路。

当我们来到一堆堆尘土飞扬的瓦砾跟前时，我把米琪放下来，我喘息着说，镇医院到了。劳莲讶异地打量着那些瓦砾。一只黑白花色相间的野猫，从瓦砾飞掠而过。米琪要我把那猫捉回来。我说，等剧情结束了，我就给你捉。现在我再把你抱起来，因为小孩子都要被大人抱着打防疫针。米琪糊涂了，爸爸，什么防疫针？是要往我身上打吗？我说，待会儿你就知道了。我抱起米琪，走进想像中的医院大门。我从两堆瓦砾之间毁坏的墙基穿过去，米琪，我们现在来到了一个专给小孩打防疫针的地方，中文里叫注射室。注射室里面有很多被大人抱着的很小的孩子，他们因为害怕而大哭不止。米琪说，爸爸，这儿哪有什么大人抱着的小孩啊，也没有哭声。我说，需要想象，这些都是在想象中发生的。

米琪又问，那些小孩害怕什么？我告诉他，中国所有的小孩都害怕打针，只要看到护士拿起针筒，都会嚎啕大哭。爸爸也不例外，你爷爷曾经跟我说，当年他抱我来打针，我是那些小孩子中哭得最厉害的。米琪，你现在就是当年的爸爸，你像当年的爸爸哭出来好吗？米琪为难地说，爸爸，我哭不出来啊。我说，想象一下，有个护士正拿着针筒朝你走来，你一定很害怕，你想逃离。可是你还不会走路，你又被爸爸紧紧抱着。你只是大哭。哭是最后的逃离。

劳莲在一旁兴致勃勃地观看，就像在观看一部情景剧，她忍不住说，你对米琪太苛刻了，他又不是演员。我对米琪说，那时爸爸看到针筒可是哭得昏天黑地，在小孩子的眼里，打针是一种最残酷的刑罚。可是你爷爷却让我笑了起来。米琪问，爷爷是怎么让你笑的？爷爷佯装打护士，嘴里还发出噼哩啪啦的声音。那位护士很配合，脸上现出痛苦的表情，所以我就笑了起来。就在我大笑不止的时候，那根银色的针就扎进了我的屁股。

米琪问，疼吗？我说，你可能不信，不仅不疼，还有痒痒的感觉。听我这样说，米琪也要打针，我说等你以后生病了，爸爸就送你去打针。米琪不干，非要现在打不可。我说，好吧，现在打就现在打，不过你得哭起来，所有的小孩在打针前都会哭，我们应该尊重这个行为。要是实在哭不出来，装一装也好。于是米琪假装哭了起来。我看了劳莲一眼，她心领神会地走近来，两只手端起来，这表示她手里拿着针筒。我装做凶狠的样子，腾出一只手来，在劳莲身上拍打着。劳莲做出夸张的痛苦表情，嘴和鼻子都扭曲了。米琪咯咯笑了起来，在我怀里滚来滚去。我把拍打劳莲的那只手收回来，伸进米琪的裤子，用指甲戳了一下米琪的屁股，米琪笑得更厉害了。他的充满稚气的笑声，在废墟上空飞扬着。我也笑了起来。剧情总算圆满收尾了。我很满足。

二十九

　　我格外想念书妍。在家里我当然也想念她，但远没有在养老院强烈。这样说不准确，在家里我其实并不想她——那种慰藉感替代了对她的想念。我总觉得我与书妍把玩捉迷藏游戏，从海子牛雕塑移到家里来了，她就躲藏在家里的某个地方：窗帘后头，餐桌底下，衣橱里，或院子里的盆栽花卉间。也就是说，她一直待在这个家里，与我朝夕相处。我的慰藉感由此而生。

　　从搬进养老院的那天起，我就格外想念书妍了，因为我失去了那种慰藉感——想念踢开慰藉，直接跑到前台来了。而且我还由此产生了罪恶感：书妍还待在家里，而我跑到养老院来了，我离弃了她！我企图以想念来稀释我的罪恶感。我憎恨我的虚伪。

　　这些天，与书妍相识的场景总是在脑海里盘旋不去，仿佛相识是想念的入口，只有从这个入口进去，才能展开对书妍的想念。那是什么时候的事？久得就像几个世纪之前的故事——那个时候，我正在赵县进修学校进修。赵县离掘城150公里，中间隔着通州。那个时候，我才二十郎当岁，年轻气盛，狂傲得想成为巴尔扎克第二。赵县因为与上海一江之隔，人们的穿着既时髦又洋气，谈吐也颇脱俗，有不少人信奉基督，星期天就成群结队去教堂望弥撒。教堂在街角，远远能看到十字架孤独地耸立在空中。总之，赵县是与掘城完全不同的市镇，它有着高贵的气质和特立独行的品格，这是我喜欢它的原因。

　　进修生活是枯燥的，我有时去工人文化宫消磨时间。那儿的阅览室坐满了争相阅读文学期刊的年轻人，看上去个个自命不凡。有一次我被一个坐在窗前的姑娘吸引了，吸引我的倒不是她的妩媚，而是她显露在阳光里的俏影。下午四点多钟的太阳，已经收敛起锋芒，它折射进来显得温情脉脉。姑娘被阳光之手折成两半，一半裸露在光线里，一半隐在阴影里，看上去就像置身在两个世界，既一览无余，又幽秘难测。她浓密的头发扎成马尾，绾一条天蓝色手帕，既随意又透出某种刻意。她的脸形像极了山口百惠，连牙齿也像——我把视线投向她时，她正捧着一本很厚的书，她盯着书页，嘴咧着微笑，虎牙从唇边露了出来。我想跟她搭讪，可是老张不开口。羞涩让我错失了她，我一连几天后悔不迭。

几天后的一个晚上，我去陈必信办公室小坐。陈必信在教师进修学校教语文，也兼夜校职工的课。他是文革前的大学文科生，在大学时代就写诗，如今年近五十，还未发表过一个字，这让他忧心如焚，焦虑不堪。他经常变换各种身份，向诗歌刊物投稿。比如，他写了关于庄稼的诗，就在自荐信里说，他是一位热爱文学的农民，这首诗是在收割的间隙，于田间地头写出来的，恳望录用。另一日，他写了一首关于煤矿的诗，他就在自荐信里说，他是一位奋战在地下百米深坑道里的煤矿工人，这首诗是用矿灯照着写出来的，恳请发表。过天，又写了首关于海洋的诗，他摇身一变，成了一名穿水兵服的海军。尽管如此，稿件仍原封不动退回。他并不气馁，相信精诚所至，金石为开。每次见了我，他必要问，今天写了吗？

陈必信虽是长辈，但这不妨碍我们相谈甚欢。那天晚上，他正在改作文，一看到我就以伯乐的激动神态说，刚发现了一位才情不输舒婷的年轻女诗人。这位女诗人用诗歌写他布置的作文，洋洋洒洒写了一千多行，把一本厚厚的作文簿都写完了。他把那篇作文拿给我看，头一句就征服了我：一滴水落在我手上／它源于长江与黄河。陈必信说，我去把她叫来。

怎么也没想到，女诗人就是我几天前在工人文化宫阅览室碰到的年轻姑娘，你肯定猜到了，她就是书妍。我第一次错过了她，第二次说什么也不想错过她。那天晚上，我送她回家。因为陌生感还未消散，我们在月光下默默行走，用脚步交谈。那晚的月光真是好，洁白、清纯、透明。快到她家时，她跟我说，要么我们辜负了月亮，要么月亮辜负了我们。她一进去就把屋门紧紧关上了，也许暗示我：看你怎么叩开了。交往开始了，我们交换手稿，到进修学校边上的体育场散步，去土山共读《白鲸》，进书场听书，去影剧院看《三十九级台阶》，我们的手绞在一起。进入婚姻只需一跃就能完成，但为了这一跃，要作多少铺垫啊，爱情就是为了跃入婚姻殿堂所作的铺垫。

我与书妍将 30 岁设为人生的大限。我们激情澎湃地约定，在 30 岁大限来临时，书妍要出版一本诗集，而我的目标则是在国内最重要的文学刊物上发表作品。当我们在谈论这个话题时，我才 25 岁。书妍跟我同龄，也是 25 岁。但是书妍看上去远比我年轻。她皮肤晶莹剔透，头发茂密乌黑，神态顽皮活泼。我们走在一起，人们会认为是大哥哥和小妹妹。我刚 40 岁时，样子已经很老了，头发开始花白，脸上皱纹深刻如沟壑。我感觉自己朝时间的深处迅速坠落。而书妍看上去还像个小姑娘，她仿佛一直在光阴的道路上倒退。我们手挽手走在大街上，路人会以为我们是父女。有些素未谋面的文友，从远方来到掘城，我向他们介绍书妍：这是我女儿。他们居然也相信了。

在我们看来，25 岁到 30 岁，是一段非常遥远的路程，我们要跋涉多久才能到达啊。年轻的天空是永远飞不到尽头的。而奇迹就是飞翔中创造的。书妍在纸上写道：5 年 / 是一笔巨额存款 / 怎么花 / 也花不完。

然而，5 年一眨眼就过去了。书妍写诗很不顺利，仅在省级诗刊上发表了寥寥几首，出版诗集的想法无疑成了泡影。我呢，经不起屡屡退稿的打击，最终金盆洗手，放弃了小说写作。我们只能这样安慰自己：时间本想将我们想要的馈赠给我们，但它流逝得太快了，它还没来得及馈赠就倏忽而逝。书妍则说，不能怪时间，是我们对自己太苛刻了。

书妍一反娴静的常态，总是说，经常有一个穿巨大白袍的人步履匆匆地与她擦肩而过。这个穿白袍的人影影绰绰，从未显露他的真面目，仿佛永远置身在茫茫雾霭之中。每当她想察看一下他的尊容时，这个穿白袍的人会像一阵风从她身旁掠过。书妍问我，这个穿白袍的人是谁？

我想了想说，是时间之神。书妍同意我的看法，但她又问，为什么他要穿巨大的白袍呢？我说，他要将偷盗来的东西藏匿在里面。还有，他之所以穿白色的袍子，是因为白色的袍子让我们恐惧。

只要不停地在方格稿纸上书写，书妍的焦虑就会平复，心绪就会宁静。她读《沙之书》时，博尔赫斯的那句"我写作，是为了让流逝的光阴使我心安"让她骇然心惊。博尔赫斯对时间的感受，竟然与她不谋而合，从此她喜欢上了博尔赫斯。

书妍越发相信我的说法，即那个穿白袍的人是时间之神，因为我的这个说法在博尔赫斯那儿得到了佐证：*你的肉体只是时光 / 不停流逝的时光 / 她对我说，现在 / 我不再看到那个穿白袍的人了 / 也许，我就是那个穿白袍的人。*她每天都沉浸在诗歌写作中。她作品里经常出现迷宫的意象。*我要躲进迷宫 / 让时间 / 再也伤害不到我。*她安宁，静谧，情意绵绵，好像时间对她而言再也不存在了。无法否认，书妍的诗歌庇护了我，她文字的影子像保护伞笼罩了我，让我看不到时间狰狞着面目，在我身旁走来走去。让我感受不到时间像巨大的泥石流，塞满整个房间。不再让我每天惶急着以散步、漫游、阅读、冥思、聚会……构筑与它直接接触的屏障。它就像一块陷在泥土里的陨石，静止了，静止得可以忽略，就像那位双目失明的图书馆馆长说的那样——*我住在你那里／却未曾抚摸过你／我周游了你的疆域／却未曾见过你*。

但是，时间的脊背还是把我们驮到了 40 岁。那年夏天，书妍突然从我和庆生的生活中消失了，事先没有一点征兆。她像往常那样平静地度过了一天，她洗衣，打扫院子，修剪花草，擦拭挂在屋檐下的灯笼，给远方的朋友写信，趴在餐桌上写诗。黄昏，我们全家围坐在院子里的石桌上吃晚餐，然后一起沿范堤路去海子牛雕塑散步。有一天晚上，我们玩捉迷藏游戏时，再也找不到书妍了。她永远消失了。

在书妍消失几年后的一天深夜，当我撩起窗帘一角时，我发现院子里闪过一个穿白袍的人的身影。那一刻我惊呆了。我认定那不是书妍。我猛然想起她曾经说过的话：我就是那个穿白袍的人。

三十

　　那天，我们从满是废墟的老街出来，去了陵园。陵园面目全非，要不是纪念碑矗立在那儿，我还以为找错了地方——它成了另一片废墟。新开发的楼盘将它挤到了角落，陵园标志性的植物——松柏——荡然无存，光秃秃的地面垃圾成堆，纸屑在风中飞舞，不时有摩托呼啸而过。纪念碑平台上有溜狗的人，几个女人在跟着音乐练习广场舞。这个时代患上了健忘症，没有它遗忘不了的东西，所以遗忘了烈士并不奇怪。

　　我带劳莲和米琪穿越陵园，去往后面的土坡。路上我一直担心那架飞机还在不在了。劳莲打量四周，问我这是什么地方。我如此这般作了解释。劳莲说，应该修建成阿灵顿公墓那种样子的。我不知说什么好。

　　幸运的是，那架飞机还昂首挺立在一片小树林里，尽管过去了这么多年，但它好像并未遭到时间的侵蚀，还是一身银色，气宇轩昂的样子，仿佛准备随时冲上云霄。米琪一看到飞机就兴奋得跑了过去。劳莲很诧异，陵园怎么会有飞机。米琪认为飞机是临时降落在这儿的，时刻准备飞走。我告诉他们，这是一架退役飞机，是空军赠送给陵园的礼物。

　　米琪一边嚷着要开飞机飞到加拿大去，一边要我抱他到飞机上去。飞机太高了，只能把米琪抱到飞机翅膀上。当年也是如此，爸爸那时的身高相当于我现在的身高，他把我举起来时，也只能够到飞机翅膀。不过，剧情出现了偏离，就像是音乐的变奏：虽然幼小的我跟米琪一样，对飞机充满了好奇，但是，爸爸把我抱上去时，我吓得哭了起来。爸爸吓唬我：再哭，飞机就要起飞啦。我哭得更厉害了。而此刻的米琪却高兴坏了，他使劲跺起来，好像这样就能让飞机起飞。爸爸，我要到驾驶舱里去。他躬起身子，朝驾驶舱爬去。我吓得张开双臂，以便他摔下来时能接住他。我不经意间模仿了爸爸的动作——爸爸当年生怕我掉下来，也是这样张开双臂。我感到欣慰：偏离的剧情得到了些许弥补。

时近中午，我们都饿了。劳莲想去街上尝尝地方小吃，我说以后有的是机会，今天我们去另一个地方吃。米琪问，爸爸去哪儿吃啊？我说，去爸爸小时候吃过的地方吃。我这样说时很没把握，我不知道财政局食堂还在不在了。

那儿离陵园很近，沿人民路往北走，过一座大桥就到了。财政局没搬，还在马路西侧，大门朝东，一切都是当年的样子。但我不知道食堂还在不在了，毕竟时隔这么多年。当年爸爸带我来吃饭，我还没上初中呢，十来岁吧。米琪突然蹲下来，爸爸，到哪去吃饭啊，我饿得走不动了。我把他抱起来，快到了，爸爸请你吃红烧肉。

往南再走几步，有个门洞。从门洞朝里走，有嘈杂的人声涌了出来，空气中飘着菜肴的香味。我心里悬着的石头一下落了地。我对劳莲和米琪说，马上就要上演新的剧情了。他俩都莫名其妙地看着我。食堂也是原来的样子：饭堂摆着几张大圆桌，和围着大圆桌的长凳。再过去是打菜的窗口，窗口外面的地上放着半人高的饭桶。我一眼就认出来了，还是当年的那只饭桶，连摆放的位置都没变。有些人坐在大圆桌旁吃饭，有些人还在窗口外面排队。

我记得当年我和爸爸总是坐在角落里的那张大圆桌旁吃饭。那张大圆桌还在，空着。我让劳莲和米琪坐过去。对了，大圆桌上还要摆一只沉甸甸的大书包，不过，暂时还不会有。要是我们长期在掘城待下来，米琪将会就读实验小学——那是我的母校——这是两年以后的事了，也就是说，这个沉甸甸的道具要到两年以后才会出现。在掘城，上一年级的孩子就要开始背沉甸甸的大书包了。我去排队。劳莲跑过来陪我。我说，你去陪米琪吧。劳莲说，我帮你拿饭。我转过头去，看到米琪一个人坐在大圆桌旁，正朝我们微笑。我心头漾起一股热流。我对劳莲说，那不是米琪，而是我。我告诉劳莲，我上初一时，暑假在少年宫补课，爸爸忙，没工夫做饭，打听到财政局食堂对外开放，就带我过来吃。每次都是这样：爸爸来窗口排队打菜，我就坐在大圆桌旁守着我的大书包。

终于轮到我了。我要了两份红烧肉，五六样别的小菜，装在三个餐盘里。劳莲拿了一个，我一只手托一个，回到大圆桌。接着，我又去饭桶盛饭。所有来吃饭的人都是这样，先将打好的菜放到大圆桌上，然后去窗台拿碗，到饭桶盛饭。我有点懊丧：忘了像爸爸那样带一只饭盒来了。

劳莲和米琪都很喜欢中国菜，尤其是红烧肉，这让我倍感心安。我对劳莲说，以后我多给你们做红烧肉吃。爸爸最拿手的就是红烧肉，我曾经夸爸爸，天下再没有谁做的红烧肉比你好吃的了。那时我外婆也以擅做红烧肉闻名，但我觉得爸爸做的红烧肉比外婆做的好吃。虽然我没做过红烧肉，但爸爸做红烧肉的基因一定遗传给了我，我相信手到擒来。

还好，食堂备有餐盒。我买了一只。我拿着餐盒，来到饭桶装饭。戏剧的高潮就要来临了，我紧张起来。装饭的木勺很老了，勺口磨得泛白，不知道是不是那年的那只木勺。我边缓慢地往餐盒里装饭，边等待着。果然，一个腰系白围裙，头戴厨师帽的中年人走过来，当着众人很不客气地说，在这儿你可以尽肚皮吃饭，但不允许带回家。

本来我应该像当年爸爸那样很尴尬，可是我却笑了。我说，谢谢你。那人奇怪地看着我，他当然不知道我为什么要谢他。我把餐盒里的饭倒进了饭桶，心满意足地回到大圆桌。目睹刚才一幕的劳莲不无担忧地问我，发生了什么。我说，我在演戏呢。我告诉她，当年爸爸带我来吃饭，准备了一个大饭盒，想装点饭带回家晚上吃，省得再煮饭了。有人过来毫不客气地制止了爸爸，那人也是个矮个子，腰里也系着白围裙，他也是这么对爸爸说：在这儿你可以尽肚皮吃饭，但不允许带回家。劳莲笑着说，又是替代！我说，是啊，替代是种魔法，它会欺骗时间，也会欺骗我们的视觉，而实际上，替代不过是时间的衍生物而已。当时爸爸很窘，有点无地自容，后来就不再带我来吃饭了。

吃好饭，我又带劳莲和米琪去了实验小学。我从爸爸的《养老院手记》中得知，我们行走的路线跟爸爸告别实验小学所行走的路线如出一辙，即从财政局食堂往南右拐，穿过碧霞小区，抵达通海路，再从通海路朝南走到江海路右拐到关西桥。过了桥就是黄海路，向东走一段路就是实验小学了。

我印象里，国内的门卫都是凶神恶煞，好像随时都会朝你扑过来。实验小学的门卫也不例外，但在洋人面前就有点英雄气短了，主动打开了大门。我们直奔操场。操场上一个都没有，米琪一下躺在了绿茵茵的人造草坪上。我和劳莲躺在他的两侧。我闭上眼睛，有种不知今夕何夕之感。我觉得我是躺在时间的河床上。我问米琪，你听到什么了吗？米琪竖起耳朵听了听，说，爸爸，我听到了风声。我又问劳莲听到了什么。劳莲说，我听到了寂静。我说，我听到了运动员进行曲。我告诉他们，中国孩子做早操，喇叭里都要播放运动员进行曲。

米琪说，爸爸，我想听。我把他搂在怀里，儿子，现在不是做早操的时候，所以不会播放运动员进行曲。等你来这儿上学，你就能听到了。我对米琪说，这儿是爸爸的母校，当年，你爷爷早上送我到校，会在操场上锻炼，等着看我做早操。米琪问，爷爷为什么要看你做早操？我说，爷爷想看我腼腆的样子。米琪又问，爸爸为什么腼腆啊？我说，很多中国孩子在大庭广众之下看到自己的父母，都会腼腆的，甚至不好意思说话。米琪又问，我也会这样吗？我笑了起来，现在还不知道，要等到你来上学才会知道。到时爸爸会早上送你来，像爷爷那样，爸爸不马上回去，而是在操场上散步，等着看你做早操。那时你爷爷总是戴一副墨镜，像黑社会老大，班上很多同学都认识他。我们在做操时，那些同学都说你爸爸来了。我知道你爷爷站就在我身后，可是我不好意思回头看你爷爷一眼。有一次做完了操，跟我同座的孩子想把我扳过来，让我看看爷爷。我使劲挣扎着，可是我的力气没有那孩子的大，所以我的身体就歪斜过来了。这情景让爷爷看到了，爷爷说我的样子像是被谁劫持了。米琪说，看一眼爷爷就那么难吗？我说，主要还是羞涩，我不知道为什么会这样。米琪很有把握地说，我肯定不会这样。我说，快长大吧，儿子，到时我来看你做操，就能见分晓了。躺在一旁的劳莲一直没说话。我问她在想什么，她说她在构思一本中国小说，题目就叫《父与子》。

177

三十一

　　我问李俏，送饭到房间要不要额外付费。李俏问，您不想去食堂吃饭了吗？我说，我想在房间里吃。李俏问为什么。我说我只是想独处。李俏用批评一个小孩子那样的口吻说，这样不好，到这儿来就要尽快融入这儿的生活。所有来这儿的人都是孤独的，但是你把孤独分享给别人，孤独就被你赶跑了，到食堂和大家一起吃饭，正是分享孤独的好机会。我想说，把孤独分享给别人，你会更孤独。我不想融入养老院的生活，或者说，我无法融入养老院的生活，无法跟别人交往。我天生孤僻，我孤僻的性格，来养老院后表现得更明显了。我只想跟自己相处，只有跟自己相处，我的心灵才是自由的。这些话我没说出来。我不知道我为什么不说出来。李俏见我不吭声，就说您实在不想去食堂吃，我就让人把饭菜送到房间来，不额外收费的。

　　搬进养老院后，我发现时间变得缓慢了，这与在家里完全相反。在家里，一天一眨眼就过去了，而养老院真是度日如年。这种巨大的时间差异让我有身首异处之感。我开始怀疑，置身于养老院时间里的我，跟置身于家中时间里的我，是不是同一个人。这种怀疑并非空穴来风。有一次我在吃饭时，拿筷子的手突然不听话了：搛菜时手夹不紧筷子，搛了几次都无法将菜从盘子里送到我嘴里。我又努力了一次，菜终于被筷子夹住了，可是在送往我嘴里的途中掉了下来。我撂下筷子，想活动一下手指。可是手指根本活动不了，它变得像木条那样僵硬。我不知道发生了什么，即使我想象力再丰富，也想象不到有一天我不会吃饭了。我疼惜地凝望着我的手指。我的手指并无异常。跟平时一模一样，它被65年的时光摧残得粗糙、多皱、皲裂、布满斑点。并且，它也像我的躯体，变得弯曲了。

作为我身体的一部分，它被我毫不留情地役使了65年。它对我是多么尽心尽力啊。它既为我拿过笔，翻过纸张，捻过灯花，握过女人纤细的手指，擦拭灯笼上的浮尘，拂去花蕊上的露珠，也为我提过菜篮，拎过水桶，捏过粉笔，搬过重物，抓过肮脏的抹布，在水蛭遍地的稻田插过秧。可是我从来没有怜悯过它，从来没有善待和呵护过它，比如，在寒冷的冬天，我从未想过应该让它套上一副手套，或者抹上一点护手霜。

我将手指摊放在桌子上，让它休息一下。我又想起了书妍。她置身在吊灯的阴影里，而将手指、笔和稿纸裸露在橘黄色的灯光里。她说，时间将我分成了两半，而只有诗歌才能使我完整。当她写累了的时候，她就会停下笔，将手指摊放在餐桌上。她会问我，现在我在干吗？我说，你的手指累了，你在让它休息。而她却说，我在看时间怎样从我指缝间偷偷流过。

我对手指说，好好歇会儿吧，然后你得让我吃完这顿饭。然而，它彻底背叛了我。尽管它得到了长时间的休息，可是它还是拿不了筷子——两根筷子无法合拢，而且距离越拉越长。我盯着那两根筷子，愣怔了许久。我用了一辈子筷子了，可是我现在却不会用了，我的手指到底怎么了？

以前，我从未感觉到手指的存在，它们在我需要的时候就会出现，在我不需要的时候就会消失，一切都是那么自然和妥帖。而现在它们就像10个僵硬的感叹号，垂挂在手掌上。我恐慌得大汗淋漓。我去卫生间拿毛巾擦脸，可是我无法从毛巾架上取下毛巾——无论我怎么用劲，我的手指就是合不到一处。我试图将毛巾拽下来，事实上我的手指一直在跟毛巾较劲。最后，我把两只手拢在一起，终于将毛巾扯下来了。

毛巾掉落在面盆里。我又让两只手掌合作，拧开了水龙头。哗哗的水流就像流淌的时间，盛满了面盆。皱成一团的毛巾就像我衰败的身体，浸泡在时间之水里，缩成一团。我的手指将毛巾从水里叉起来。可是我不能将毛巾拧干，只好将它丢弃在面盆里。

我的手指苍白，麻木，了无生气。刚才那种痛惜的心情不仅没有离开我，反而愈来愈加深了。我想起小时候，寒冷的冬天，手指冻僵了，母亲让我把它伸进嘴里呵一下。在温暖气息的吹拂下，僵硬的手指慢慢变得柔软起来。这好像是我七八岁发生的事，因为在那样的年纪，我已经会堆雪人了。我的手指是在一次堆雪人时被冻僵的。这事距今已经50多年了，可是当时的场景还历历在目：皑皑白雪，枯树横亘在天空的影子，雪地上棉花朵似的狗爪印，母亲的红围巾，漆黑的头发和年轻的面庞，我嘴里呵出的热气转瞬即逝。

现在还记得，我堆的雪人是个饱经沧桑的老爷爷。母亲用墨汁给老爷爷画了一圈胡子。我还记得我这样问母亲：老爷爷的胡子应该是白色的，为什么画成黑色的呢？母亲在我的小脸蛋上亲了一口，笑着说，要是画成白的，就看不出老爷爷的胡子了，而且，老爷爷已经返老还童了，他现在比你还小呢。我乐了，他怎么比我还小呢？我还没长胡子呢。

我模仿当年母亲让我做的动作，将右手的五个手指伸进嘴里，使劲地呵它们，可手指再也不是50多年前的手指了。我呵了一阵后，手指依然故我，还是那样僵硬。它是我的手指吗？我的手指绝不会是这样的啊。要是我的怀疑成立，那么住进养老院的就不是我。可不是我又是谁呢？

几天后发生的一件尴尬事加剧了我的怀疑。那天陆继昌来看我，我刚洗好澡从卫生间出来，用浴巾围在腰间。陆继昌一进来就皱紧了眉头，像条狗东闻闻西嗅嗅，大惊失色地瞪视着遍布卫生间的屎——淋浴房外面的防滑垫上有屎，抽水马桶四周的磁砖上有屎，马桶垫圈上有屎，我脱下来的裤子上有屎，我用来擦身子的浴巾上也沾满了屎。啊，我被屎包围了。或者说，我就是屎！陆继昌叫了声跑出去。

很快，一个女护工进来了。她六十多岁年纪，虽然体型肥胖，但看上去干练利索。我瞠目结舌地看着她一步步走近我。我疯了似的冲她大叫大嚷，出去，快出去！但她却威严地命令我，把浴巾扔到地上！我乖乖照办了。我把浴巾扔到地上后，又用手去捂我的私处，她打了一下我的手，又命令我回卫生间去。接着，她也跟了进来。我难为情地说，我怎么会这样，我怎么变成了这样。我让她出去，别把你弄脏了！她打开莲蓬头，用手放在喷头下试了试，安慰我，我们每个人都会有这么一天的。

她将喷头对着我，温热的水打在我身上。她又往我身上抹沐浴露，我再次捂住了私处。她笑起来，你怎么像个孩子啊，快把手拿开。她把我洗干净后，扶着我走出卫生间，让我躺到床上去。我羞愧难当，我连声说"对不起"。她说，不要去想了，睡吧，睡一觉就好了。她用布巾蘸着肥皂水，将所有沾着屎的地方擦洗得干干净净，又洗了那条肮脏的浴巾和我的肮脏的衣裤。

我在床上躺了一下午，卫生间发生的那羞耻的一幕，一直浮现在我眼前。打死我我也不会相信，我大便失禁了。正如失灵的手指是别人的手指一样，犯大便失禁的，肯定也是另一个人，那么这个人是谁呢？

晚上，我在微信上给庆生留言：儿子，爸爸把自己丢失了。住进养老院的不是爸爸，是另外的一个人。一想到这一点我就骇怕不已。你可以说住在这儿的是爸爸的替身或影子，也可以说是虚假的爸爸。真正的爸爸还待在滨东小区的家里，他根本就没有搬过来。儿子，我想回去找他，找到真正的我。

两天后，李俏来找我，说庆生发微信给她，要她带我去人院看医生。庆生干嘛不直接跟我说，而是绕过我找李俏呢？我对庆生很生气，自打我搬进养老院，他就很少发微信给我了，好不容易发一次，却去找李俏。李俏说，庆生交代我，让我非带您去看医生不可。我没好气地说，我不需要看什么医生！我需要的是找到真正的我。李俏狐疑地看着我，我知道她没明白我的话。在她看来，我病得不轻了。

　　李俏还是把医生叫来了。我没开门。我从门上的小窗户看到李俏身后站着一个穿白大褂，戴眼镜，脖子上挂着诊筒的中年人，眯缝着不怀好意的眼睛，怎么看怎么像那个妄图谄害杜丘的医生。费爷爷，请开下门，李俏叩着门说。我没理她。后来，他们就走了。我发微信责问庆生，干嘛要让李俏找医生，我没有病，我很正常。如果说我有病，不正常，那是另一个我有病，不正常，那个人是虚假的我。等了整整两天才等到庆生的回复，只有一句话：爸爸的现状让我堪忧。以前，庆生不会拖这么久才回复，而且他会写很多话。庆生变了，他不是原来的庆生了，他是不是也成了虚假的庆生？

三十二

爸爸在《养老院手记》中说，他离开实验小学后去了"中福在线"。去"中福在线"是从黄海路与青园路交叉处右拐朝南（对面是亚萍国际广场），我领着劳莲和米琪走到这儿时，却左拐去了文峰大世界。我像米琪这么大的时候，爸爸经常带我来文峰大世界玩。文峰大世界是掘城最大的商场，6楼的儿童乐园吸引了很多孩子。其中有个叫"高台跳水"的游戏项目让那些孩子又怕又爱：从很高的台子上跳下去，掉在一堆柔软的彩球里。不过我感兴趣的是电梯。

每次电梯升到6楼，我就拉住爸爸，不让他出去。于是我和爸爸就留在了轿厢里，一会儿升上去，一会儿落下来，这带给我奇异的感觉。我看到轿厢光亮的四壁映出我红扑扑的脸蛋，我看到我额头上沁出几颗晶亮的汗珠，我看到我仰起小脑袋看着爸爸，额头上的头发全披散到后面去了。我记得爸爸把我抱起来，问我好玩吗？我使劲点点头，脸上有羞赧之色。爸爸又问我，以后爸爸老了，你也带爸爸来电梯玩好吗？我又使劲点头，我趴在爸爸怀里，不停地叫着，爸爸爸爸爸爸爸爸爸。可是，可是，我再也没有机会带爸爸来玩了。

剧情再次出现了偏差。当电梯来到6楼时，轿厢门一打开，米琪就冲出去，直奔儿童乐园，他迷上了"高台跳水"。劳莲也成了孩子，她尖叫着抱着米琪一起往下跳，她的体重远远超过孩子，所以她完全淹没在彩球里了。不知为什么，我突然害怕起来。我想到了"躲藏"，想到了那次在海子牛雕塑，妈妈跟我和爸爸做的捉迷藏游戏。我害怕劳莲会消失在那堆塑料彩球里。我紧紧抓住劳莲，央求她别再跳进塑料彩球里了，我要她不离我左右，这样我才踏实。我试图说服米琪回到电梯里，可是米琪不愿离开儿童乐园。爸爸，进电梯干嘛？"高台跳水"我还没玩够呢。

我一把抱起米琪，往电梯口走去。米琪在我怀里拼命挣脱着，甚至哭了起来。我允诺他，只要跟我回到电梯，我就给他买想要的玩具。米琪这才安静下来，爸爸，为什么要回到电梯里去？我现在还不想回家。我说，我们去电梯里演一场情景戏，我来做导演，你来做演员，你妈当摄影师。米琪立马来了劲头，爸爸，我们是要拍电影吗？我说，差不多。

在等电梯时，米琪不停地问我，爸爸，怎么演？我像导演说戏那样告诉米琪，等电梯下降到 5 楼或者 4 楼，会进来很多人，轿厢挤得满满的，你和爸爸一下分开了，你和爸爸之间隔着很多人，所以你看不到爸爸了，爸爸也看不到你了。米琪问，然后呢？我说，爸爸以为你不会离开轿厢，你还是跟着那些人走了出去。正说着时，电梯来到了 6 楼。我们等电梯里的人出来，再进去。电梯很快下到 5 楼，进来了几个人。下到 4 楼，又进来了几个人。下到 2 楼时，电梯里已经人满为患。我们三个人都被挤得分开来了，我突然恐慌起来，我喊了声"米琪"，又喊了声"劳莲"。轿厢里乱哄哄的，听不到米琪的回应。有人拉了拉我胳膊，我一看是劳莲，原来她就站在我身后。我问她，看到米琪了吗？劳莲安慰我，米琪不会丢的。

电梯很快下到一楼，我冲着人堆喊，米琪，待在轿厢里！电梯门甫一打开，轿厢里的人便蜂拥而出。等到轿厢里只剩下我和劳莲时，我明白米琪跟着那些人出去了。这时，电梯门已经戛然关上，我赶紧按按钮，可是没有反应，电梯义无反顾地缓缓上升。就像大祸临头那样，我脑袋轰地响了一声。劳莲说，你脸怎么白了？我说，米琪丢了。电梯到了二楼，门一开我就冲了出去，把几个欲进电梯的人撞得东倒西歪。劳莲紧随我身后。

我们从楼梯抢奔下楼。一楼大厅正在打折展销反季节服装,人山人海,哪里还有米琪的影子。劳莲也意识到事态的严重性,但她是个处乱不惊的女人,别担心,我们分头找,总会找到的。然而,我却有种可怕的感觉:再也找不到米琪了。我脑子里浮现出人贩子掳走米琪的画面。当年爸爸肯定也是这种感觉,他脑子里也一定浮现出这样的画面。

当我冲出大厅,来到外面时,我并没有意识到我在复制当年爸爸的举动——一辆公交徐徐停靠在附近的站台,车门刚打开,人们就像决堤的洪水涌了出来。与此同时,上车的旅客拼命往里钻,我怀疑人贩子就厕身其中。我紧张地搜寻着米琪的身影,或者说,爸爸紧张地搜寻着庆生的身影。而公交车一旦行驶起来,我就再也见不到米琪了,或者说,爸爸就再也见不到庆生了。就在我,或者爸爸,抬脚去追公交车时,我,或者爸爸,听到背后大厅传来的喇叭声:请丢失小孩的家长注意了……我,或者爸爸,就像被枪弹击中了,一下倒在了地上。

怀着劫后余生的心情,我左手抱着米琪,右手揽着劳莲,从文峰大世界走出来。现在我们要去"中福在线"。我们穿过黄海路和青园路相交的路口,一直往南。我夸赞米琪是个富有灵性的好演员,成功出演了当年的我。劳莲叹了口气,我成了多余的了。我说,我让你做摄影师,你完全忘了,要是你刚才用手机把刚才精彩的场面拍下来,那该多好啊,那样的话,我们可以时不时就重温一下,不管过去了多少年,我们会永远定格在这一有惊无险的时刻。

"中福在线"也是我与爸爸最温馨难忘的记忆。在过去了的这么多年里,我经常梦到它,现在,当我们站在它门口时,我又一次诧异时间的凝固不变——它居然还存在着,仿佛是专等我的到来。不过,我带着劳莲和米琪走进去时,我一时无法弄明白,我究竟走进的是梦境，还是现实。我记得，爸爸当年带我来"中福在线"的途中，说小孩子的手气最有希望中大奖，我当然知道爸爸的心思。但我玩了很多次，一次也没中过奖，哪怕是一个小奖呢。也许，这跟我完全沉浸在玩游戏的乐趣而忽略了技巧有关系，为此，我很内疚，并一直耿耿于怀。成年后，我还跟爸爸回忆起在这儿度过的美好夜晚。我去加拿大后，有一次我跟爸爸视频还说，等我回去，我们再去一趟"中福在线"，到时我肯定能给爸爸中个大奖。现在我来到"中福在线"了，可是爸爸在哪儿呢？

像当年那样，几台游戏机迎门摆着，我一眼就认出最左边的那台游戏机是我当年玩过的。一看到游戏机，米琪就兴奋得奔过去。也许，最挡不住全世界的孩子的，最能诱发他们激情的，就是游戏机了。我问一位工作人员，怎么没有人玩游戏。那人说，白天几乎没人过来，晚上人才多。我又问他现在大奖的奖金是多少。那人说，一百万。米琪，看你的了，我把米琪抱到吧凳上，就像当年爸爸把我抱到吧凳上那样。全世界所有的孩子对游戏机都是无师自通的，游戏机手柄对于孩子们的诱惑，犹如犁把对于农人的诱惑。米琪一坐上吧凳，就摇动起手柄来。我说，还没投注呢。

我还记得中福在线的玩法是"连环夺宝"，分为三个环节：投注、游戏和中奖。玩家投注后，获得与投注额相应的游戏点数进行游戏。游戏过程分为三关，系统在每一关派发相应数量的图案，若有符合游戏规则的的图案组合，就有获得相应游戏点数，累积得到相应数量过关图案时，进入下一关。第三关过关后，游戏过程结束。然后，根据本场游戏所得的点数进入中奖环节"龙珠探宝"。必须获得很多的游戏点数，才能进入中奖环节。

我把游戏规则向米琪作了详细介绍，米琪边听边山呼海啸地摇动起手柄来。一副对中大奖志在必得的派头。当年，我不也是这样吗？劳莲紧张地盯着屏幕上出现的图案，大气都不敢出。我对劳莲说，要是儿子中了大奖，我们就买一辆保时捷。劳莲说，我内心正在祈祷呢。我说出的无疑是爸爸当年的心声。那时他一直想买一辆车，用以替换踏板车，这样，早上送我上学，就能免受风霜雨雪之苦了。在米琪玩游戏的过程中，我一直沉浸于梦幻的感觉中，我在过去与现在之间穿梭，我一会儿变成了爸爸，一会儿又变回了我。我内心一直有个声音在问：这个坐在吧凳上玩游戏的，是我还是米琪？注视着他的是爸爸，还是我？而我身旁的这个白皮肤，蓝眼睛的苗条女人又是谁？

尽管米琪很努力，游戏过程结束后，就像当年的我那样，米琪获得的游戏点数太少，无法进入中奖环节。米琪并不气馁，爸爸，我们明天再来。我笑了起来。不管我们来多少次，米琪将永远功亏一篑，每次都不会攒够能进入中奖环节的游戏点数，一如当年的我。从"中福在线"出来时，米琪安慰我，爸爸，明天我一定能中大奖，挣好多钱给你。我把米琪抱起来。米琪用手擦着我脸上的泪痕，爸爸，你怎么哭了？我哽咽着说，米琪，你到底是谁？你为什么总是说出爸爸当年说的话呢？

三十三

　　我已经很久没有照镜子了，就是说，我不知道我现在什么模样。有一天早上，我不小心照了下镜子，吓了一跳。顺便说一下，我已经越来越怕照镜子了。一个人老了，最好还是别照镜子，你宁可想象你衰老的样子，也别看你映在镜子里被时间摧残的真相，那会使你陷在沮丧的泥淖里爬不上岸。那是一面长方形的小镜子，安装在洗脸池的上方，显然是这个房间的前主人留下来的，他也是床上身体凹痕的主人吗？对那留在床上的凹痕，我已经不再畏惧了。如果我用力看下去，我并没有看到那具身体留下的的凹痕——床单很平整，一点褶皱都没有。我越来越认定，它是我虚构出来的，是我对死亡恐惧的幻象。我们眼中的世界都不是真实的，完全是我们的想象和幻觉，而真实的世界根本不存在。

　　现在我再来说镜子。我在年轻时是很喜欢照镜子的，那时的镜子里遍布了一个崭新的世界，那时照镜子其实是用眼睛检阅你心满意足的生活，你会从镜子里看到你遐想出的美好未来。我已经忘了我什么时候开始不爱照镜子，也许是我有了第一绺白发？或者是有了刺目的眼袋？我不仅躲避镜子，还躲避一切能映出影象的东西，比如玻璃，比如橱窗，比如脸盆里的水。搬进来的第二天，我就用一块白纸遮住了那面小镜子。可是那天早上我洗脸时，不慎把水溅在它上面，被濡湿的白纸就像阳光下的雪，顷刻间融化了。我的脸就这样被它照到了。镜子里是一张苍老得不堪入目的脸，或者说，那不是一张脸，而是一只硕大的核桃，大得小镜子根本装不进去。

只要看到这个灰褐色的核桃，我就知道那不是我。我可能会成为别的什么，但我不会成为核桃。我更确信住在这个房间的人不是我了，也就是说，我还待在滨东小区的家里，搬到养老院来的，是另一个我，是我的替身。这是个秘密，这个秘密只有我一个人懂。

有天晚上我想出去透透气，整天关在屋子里，快要憋死了。我来到楼下的院子里，看到有些老人在散步。我不想跟他们搭讪，离他们远远的。我永远喜欢离群索居。那时，天还没黑透，我透过树木看到一盏圆圆的街灯，从昏黄到发亮。我情不自禁地嚷起来，街灯怎么会升高，怎么会变得越来越远。陆继昌突然从我旁边的黑暗里钻出来。只听他说，老费，你是老糊涂了，那不是街灯，那是月亮，我没搭腔，也没生气。不仅没生气，我还暗自笑了。老糊涂了的，不是真正的我，是另一个我，我不过是借助那个人的嘴在在嚷。还有天晚上，我倒了杯水，把茶杯放在桌子上，却抱着水壶在床上坐下来。过了好一阵我才发现事情的真相，但我并没有沮丧，我知道搞错了的，不是真正的我，而是另一个我。

那个真正的我正在家里等我，我经常在梦中听到他的呼唤：回来，回来，快回来！我对庆生说，爸爸不想再待在养老院了，爸爸想回家了。这次等了三天才等到庆生他的回复，内容更简短了，只有四个字：我不同意。我理解为庆生离弃了我，我很伤心。我不会再发信息给他了，我要让他离弃得彻底，干净。我去找李俏。她是办公室主任，很多人都称她"李主任"。办公室主任就是个管家，方方面面的事都是她说了算。我找她是请她同意我回家。我不同意，从她的樱桃小嘴里迸出来的也是这四个字，好像是和庆生约好的。我急了，当初你不是说来去自由吗？说可以试住，要是感觉不好可以搬出养老院的吗？

李俏道，我是这么说过，我现在还这么说。我说，那你为什么不同意我搬出去呢？李俏说，现在不是我不同意你搬出去，是你儿子不同意你搬出去啊。我说，这事跟我儿子无关，他在加拿大，管不到我。李俏笑了，他天天跟我微信，怎么管不到你？你要知道，他可是你的监护人，我得听他的。这次轮到我笑了，我只知道老子是儿子的监护人，从来没听说儿子是老子的监护人。李俏说，这里有种对应关系，儿子小的时候，老子是他的监护人，可是老子老了，儿子就成了他的监护人。所以，你儿子不同意你搬走，你就不能搬走。李俏又问我，你为什么要搬走？你要是觉得我们照顾不周，可以提出来，我们会改进的。我说，你们照顾得很好，我要回家跟你们照顾得好不好无关，我要回家只是想找回真正的我。现在的我是虚假的我。跟你说话的，是虚假的我。李俏又用那种狐疑的目光看我了，费爷爷，我不明白你说的话，什么真正的我，虚假的我？难道一个人有两个"我"吗？

我说，所有的人都有两个"我"，这两个"我"本来是合二为一的，可是我把另一个"我"扔在家里了，我急于找到他，求求你放我回家吧。李俏说，要你儿子同意才行，你儿子哪天同意了，我就哪天放您回去，您去跟您儿子商量吧。我说，我不会再跟他说话了。李俏哈哈笑了起来，老子跟儿子赌气了，都说人老了就成了孩子，我今天是亲眼看到了。您要是跟儿子赌气，那就老老实实待在这儿吧。

陆继昌不知怎么知道我要回家，跑过来劝我，老费啊，你看，这儿多好啊，有人给你做饭，有人给你洗衣服，你要是病了，有人给你治疗，到哪去找这么好的地方啊。我没怎么搭理他，我对此人有种本能的排斥，他的热情，关心，总给人虚情假意的感觉。有一次他竟厚颜无耻地来要我的钥匙，说去再配一把给他。我问他为什么要给他钥匙，他居然说只有你掌握着钥匙，是不妥的——不安全。你认为会出什么事呢？我问。如果你病了呢？如果不能自理了呢？要是摔断了腿，心脏病发作，中风倒下了呢？真是太可笑了。这个人似乎戴着一副假面具，和他在一起，总觉得不踏实。这个叫陆继昌的人究竟是谁？

我发现，白天，养老院的大门并不总是关得像铁桶，那道不锈钢自动伸缩门有时会合不拢，留着一个可容一人进出的豁口，就像是掉了一颗牙。而在有车辆进出的时候，干脆最大限度地敞着。而看门人常常忘了及时关上。有时他会去上厕所。厕所在大楼里，即便他随身带了遥控器，但因为距离太远，遥控器根本不起作用。一天中午，我吃好饭下楼遛达。去食堂就餐的老人都回屋休息了，院子里除了食堂养的那条看门狗趴在树荫下打瞌睡，一个人影都没有。四周静得让人心里发慌。那道不锈钢伸缩门虽然关上了，但只要仔细察看，你会发现并没有关严，留着一条并不算窄的缝，我相信，只要侧着身子就能挤出去。

我听到我的心扑通扑通跳起来，我装作无所事事的样子，趔趄着脚步，缓缓朝大门靠过去。我知道此刻楼上一定有不少眼睛在注视着我，他们应该懒得管闲事，至多有人问起时，他们会说，哦，我看到老费溜出去了。我已经接近传达室了，门开着，屋子里空无一人，看门人去向不明。真是天赐良机，只要再走几步，我就能从那道缝隙里挤出去了。这时，我更紧张了，因为我觉得太顺利了，根据我的经验，太顺利了往往不会有好事。果然，就在我贴近那道缝隙时，我听到一声断喝：老费，往哪里去！声音尖厉，响遏行云，在空寂的午后显得特别威严，充满震慑力。我搞不清它来自哪儿，像是从天上砸下来的，又像是从地里钻出来的，像是响在耳旁，又像是从大楼里发出来的。

就在我发怔的当儿，一个人影窜到我跟前，原来是陆继昌。他面目狰狞，眼光凶狠，啊，他终于卸下了假面具，原形毕露了。他把我的手反剪起来。这家伙果真当过侦察兵，力大无穷，我动弹不得，只有束手就擒的份。我看到人们黑压压地从四面八方涌来，我陷于一片汪洋大海之中，插翅难逃。人们义愤填膺地声讨我企图逃离养老院的可耻行为。我听到一个女人炸雷般的责问声：养老院哪儿亏待你了？那声音非常耳熟，好像是李俏的，但我不能完全确定。我低垂着脑袋，羞愧难当。我看到我被绳子捆绑起来了，我被押着往我房间走去。但我难以确定是不是被捆绑起来了，我更认为我是被摁在了担架上，人们抬着我走进大楼。

进电梯时，我看到了庆生，他是随着人流挤进来的。庆生怎么这么小啊，像是幼儿园的孩子，就是说，庆生回到小时候了。那么，我是不是也回到了过去时光？越来越多的挤进了电梯，人们像一堵厚厚的墙，把我和庆生隔开了。我害怕再也见不到庆生了，我声嘶力竭地喊着，庆生，庆生，庆生！回应我的是乱糟糟的声音。我感觉电梯突然停了，轿厢的门打开了，有些人出去了，我觉得庆生也跟着出去了，他再也找不到爸爸了。我绝望地哭泣起来，拼命挣脱绑缚我的绳子。

电梯不知怎么晃动起来，晃得天摇地动。有人在大声喊我，这次是个男人粗哑的声音，有点像陆继昌的嗓门，这家伙太讨厌了，总是像鬼魂附在你身上。醒醒，这人还在喊，凑在我耳朵上喊，我的耳膜振得嗡嗡响。我明白了，不是电梯在摇晃，不是我在摇晃，是这人在死劲摇着我。醒醒，老费，醒醒，老费。我像是待在一间黑屋子里，或者说，我就是黑屋子。有光透了进来。开始是星星点点，很快变成了一片。那是大楼的灯，几乎所有的窗户都亮着灯。灯光瀑布般倾泻而下，我似乎被灯光托了起来。醒了，老费醒了。喊我的那个人说，我认出来了，不是陆继昌，是那个看门人。我看到他经常在大门口逡巡，但我一句话都没跟他说过。

我看到我身边围着很多人，我被人扶起来，随后我就发现我趴在一个壮实的男护工的后背上。我从没看到过那么宽的背，就像是岛屿。现在我朝着大楼移动过去，就像岛屿在漂移。我听到两个人的对话。一个说，费老是怎么回事啊，半夜三更的。另一个说，事情明摆着，他是梦游啊。幸亏大门封着，否则跑到外面，掉进沟里还不淹死了啊。梦游？我内心笑了起来，我怎么会梦游？我从不梦游。梦游的不是我自己，是另外的那个人。

三十四

从"中福在线"出来，米琪再也走不动了，劳莲也累得够呛，于是我叫了辆黄包车。黄包车是掘城的风景之一，无论你到哪儿，都能碰上黄包车。它给人们的出行带来了便捷，尤其是老年人和孩子。小时候我上学，都是爸爸送我，有时他忙，给我一张五元的钞票，让我坐黄包车。我还记得那些澄澈的清晨，黄包车夫的腰弓起来，整个人伏在车龙头上，阳光打在他翘起来的屁股上。在街道上行驶，黄包车要比汽车快得多。偶尔，黄包车夫会用手中的小铁棒猛击一下龙头上的铃，那种金属的尖锐响声会传得很远，它不会消散，它沾附在人行道边的树叶和电线杆上，所以你任何时候在街上行走，都会听到它摇曳的回声。那时，我很盼望洒水车出现。响着音乐的洒水车驶来时，黄包车就会往边上躲，尽管如此，水雾还是遮掩了我们。在那一瞬间，给人一种沉溺海底的感觉。

劳莲喜欢上了黄包车，她想让我买一辆。休息天，你就当黄包车夫，带上我和米琪，在掘城周游。累了就停下来，到小吃摊上品尝小吃，劳莲说，我想一寸一寸地认识掘城。我对她说，在中国，从事严肃文学写作，是不可能养家的。我正想找一份工作呢，你的话给了我启示，我就当黄包车夫吧。蹬黄包车是一项很好的锻炼，可以给写作提供足够的体力。等你的烧饼店开张了，我就拉顾客到你那儿去吃烧饼，然后再把他们送到他们需要去的地方。我们也可以开办"送货上门"业务，用黄包车把烧饼送到顾客门上。等到米琪上小学了，我就天天用黄包车送他。那天，我们全家都被黄包车的意象笼罩了。

　　一天，劳莲去上班了，米琪去了幼儿园，我一个人待在家里，读爸爸的《养老院手记》，陷在深深的内疚和自责中，无法自拔。爸爸说得对，我离弃了他。我把养老院当成了老年人的襁褓，把爸爸往里面一扔就万事大吉了，不再关心他了。我很少发微信给爸爸了，更遑论视频电话。我甚至庆幸说服爸爸搬进了养老院，这样我就可以专心致志做自己的事了。我有种解脱的轻松感。爸爸发信息来，我总是不及时回复，一拖再拖。觉得不能再拖时，才简短地回复，应付了事。当爸爸告诉我，他想搬出养老院时，我是多么恐慌，这意味着我又要为他操心，分神，会严重影响我的人生。我发信息给李俏，千万不要让我爸爸搬出去。李俏说，只要你不同意，我是不会放爷爷出去的。这样我才稍稍放心。

　　要是当初同意爸爸回家，或者说，我一如既往关怀爸爸，每天跟爸爸聊天，爸爸不至于这么快就走了，没有留下一字遗言。爸爸是死于绝望之中，而我有着不可推卸的责任。但李俏却不这么看，有一天我又去了养老院，跟她讨论爸爸的死。李俏认为，爸爸的死是神智不清造成的，她刚接触爸爸时，就发现爸爸有阿尔茨海默症的征兆。而且，爸爸还有梦游症，有几次，爸爸在深夜起床，到楼下奔跑，最后就躺在大门边上继续睡觉。后来养老院安排了护工，晚上看着爸爸。尽管如此，我还是没有从自责中解脱出来。

　　爸爸住过的房间暂时空着，我让李俏打开，一个人在里面待了很久。我伫立在窗前，眼前的一切如爸爸所说——窗外就是围墙，墙头上嵌着的碎玻璃，在阳光下闪耀着冰冷的光芒。远处是大片的农田，和零星的农舍。我等待着爸爸提到过的那只山羊，但它始终没有在田埂上出现，倒是有只野兔从地头闪电般掠过。爸爸说，他每天都坐在窗前眺望田野的景色，但他其实是在期待一匹枣红马，从天边咴咴叫着穿过农田朝他疾奔过来。而他将从窗口一越而下，骑在它的背上远走高飞。可以想象，爸爸像囚犯囚禁在监牢般的养老院是何等的绝望，他时刻想着逃离。

爸爸说，他被分裂成两个人，一个是真正的他，一个是虚假的他。真正的他还在家里，待在养老院的不过是他的替身，是他虚妄的形象。所以，他想逃出养老院，去找真正的自己。这在哲学上是站得住脚的，不由得让我想起卡尔维诺的《分成两半的子爵》。可是，爸爸不是哲学家，他的"两个我"，不过是他臆想出来的，是他脑子紊乱的分泌物而已。爸爸在《养老院手记》里说，他经常看到那个真正的"我"出现在窗户外面：他从家里跑过来找他了。爸爸的"手记"到此戛然而止。

如果对爸爸的死做个推理，会不会是这样：有天夜里，爸爸从睡梦中醒来，在月色的映照下，他又看到窗户上贴着那张人脸。爸爸起身走过去，那张脸与他一窗之隔，他认出了那是他的脸，真正的他。爸爸又惊又喜，他伸出手去抚摸那张脸，但他摸到的却是坚硬的玻璃。于是，爸爸打开了窗户，那个人倏然不见。他一定是躲在外面，爸爸想。于是爸爸迫切想找到他，此刻，爸爸的意识是清醒的，他知道应该借助什么才能去窗外。爸爸把屋里唯一的一张木椅搬到窗前，踩上去，探身到窗外。爸爸就这样坠落到楼下的水泥地上。我不知道还有没有比这个更合理的推理了。

那夜我就睡在那间爸爸曾经住过的房子里。爸爸的床单还在，我仔细查找过，床单很平整，并没有爸爸在《养老院手记》里描写过的那种身体留下的凹痕。睡之前我作了祈祷，或者说进行了心理暗示——希望爸爸能托梦给我，希望爸爸能给我一个请求他原谅的机会。我以为我会彻夜难眠，但事实上我一躺到那张单人床上，就睡着了，仿佛坠落进了时间的深渊——爸爸其实也是坠落进了时间的深渊——睡得从未有过的香甜，睡得从未有过的安稳。

早上，我是被叫门声惊醒的。原来是劳莲，她一早就来找我了。

她进屋时，阳光也从窗户涌了进来。我用拥抱来迎接了她。我爱她早晨的面容，睡觉之后金发白肤十分美丽，她的脸颊红扑扑的像孩子一样可爱，她那双蓝色的眼睛一到白天就变得十分清澈，就像蔚蓝的大海。如果你仔细看，就会看到一些细小的皱纹从她的眼角放射开来，但是这只是使她对我更有吸引力。她的头发依然是小麦的黄色，她的脚步依然充满弹性和活力，就像我当初遇到她时那样。不知为什么，我流泪了。我一边流泪一边说，劳莲，我为什么如此爱你？ ①

2018.2~2021.8 写于如东、终南山、北戴河

---

① 书中的英文作者为刘修远。